W I N G S ＊ N O V E L

作家令嬢と謀略の求婚者たち

作家令嬢と書庫の姫～オルタンシア王国ロマンス～②

春奈 恵
Megumi HARUNA

新書館ウィングス文庫

S H I N S H O K A N

作家令嬢と謀略の求婚者たち

作家令嬢と書庫の姫～オルタンシア王国ロマンス～②

目次

作家令嬢と書庫の姫 ～オルタンシア王国ロマンス～ Characters & Map

エリザベト・アデラール・ド・シャロン
（リザ）

オルタンシア王国第一王女。
読書家。

アナスタジア・ド・クシー
（アニア）

クシー女伯爵。王女付き女官。
小説の執筆が趣味。
元宰相だった亡き祖父の記憶が見える。

ティモティ・ギュスターヴ・ド・バルト
（ティム）

マルク伯爵。王太子付き武官。
アニアの従兄。

ジョルジュ・エミリアン・ド・シャロン

メルキュール伯爵。
リシャールの双子の弟。

リシャール・マティアス・ド・シャロン

オルタンシア王国王太子。
リザの兄。ジョルジュとは双子。

エドゥアール・ド・クシー

アニアの祖父。
先代オルタンシア国王の宰相で、
穴熊エドゥアールと
呼ばれた切れ者。故人。

ルイ・シャルル・ド・シャロン

ユベール二世の異母弟。
クーデターに失敗し、
アルディリア王国に亡命。
別名マルティン・バルガス。

ユベール・ド・シャロン

オルタンシア王国
国王ユベール二世。
リシャール、ジョルジュ、
リザの父親。

オルタンシア王国周辺地図
グリアン王国
グランツ王国
シェーヌ領
パクレット領
ステルラ共和国
ホルク
ブランシュ領
アルディリア王国
メルキュール領
リール
アガタ
バルト領
オルタンシア王国
ラウルス公国
クシー領
マルク領
クレド
イロンデル港
セリュール港
ランド領
セレーノ
ガルデーニャ王国
SEA

イラストレーション◆雲屋ゆきお

Sakka reijo to

bouryakuno

kyukonshatachi

作家令嬢と謀略の求婚者たち

1

……あー。今日も庭の薔薇《ばら》が美しいわ。

白薔薇にも喩《たと》えられるリール宮殿の瀟洒《しょうしゃ》な佇《たたず》まいに映《は》える、幾何学《きかがく》模様を描くように整えられた緑の木々。そしてそれに沿うようにたわわに咲き誇《ほこ》った薔薇の花が彩《いろど》りを添えている。

穏やかな陽光を浴びて美しい庭を散策している人々の穏やかな表情に心が和《なご》まされる。

あんな風に薔薇を愛《め》でながらのんびりと散歩したい。けれど、最近そんな簡単なことさえできないのよね……。

目の前の男性が並べる賛辞を八割方聞き流しながら、アニアは宮殿の回廊から見える薔薇の庭を横目で眺めていた。


アニアことアナスタジア・ド・クシーは困っていた。

最近王宮で人に声をかけられる回数が増えている。特に殿方に。

今も数人の男性に囲まれて、逃げるに逃げられない状態だ。ひときわ小柄《こがら》なアニアからするとまるで大きな檻《おり》に閉じ込められた小動物のような感覚になる。

用事があるのなら構わないけれど、彼らが口にするのはお世辞か自分の家柄自慢のどちらかだった。

鴉《からす》の羽のような美しい黒髪だの夏の空のような青い瞳だのとどこかで聞いたような褒《ほ》め言葉を言われても、ありがとうございます、としか答えようがない。

だけど、正確に表現するなら自分の髪色は鴉というより鳶《とび》の風切り羽根のようなブルネットで瞳の色も夏の空ほど淡くない。だから、素直に相手の言葉を受け取ることができなかった。

絶世の美女なら褒められてもそんなの当然だわ、って余裕の笑みくらい浮かべられるかもしれない。ただお世辞を向けられることに慣れていないので、それが自分のこととは思えない。

ドレスを着ているとはいえ全速力で走れば逃げ切る自信はあっても、さすがにあまり無礼な真似もできない。アニアはこの国で唯一の女伯爵で、まだ家督《かとく》を継いだばかりなのだ。できれば不用意に敵を増やしたくはない。

けれど、こんなことが続くと仕事に差し障《さわ》る。

そう、今はお仕事中なのよ。

アニアは第一王女エリザベト付きの女官だ。今もその王女のところに向かおうとしていた。なのにいつになったらたどり着けるのかわからない状態だ。

毎日がまるで迷宮だわ。罠《わな》だらけの道を歩く野生の動物ってこんな気持ちなのかしら。蜘蛛《くも》のように壁を登れたり、鳥のように空が飛べればこんな苦労はしなくて済むのに。

アニアは頭の中でそんな空想をしながら曖昧《あいまい》な笑みで彼らに応じていたが、話が一巡《いちじゅん》したのを見計らってすかさず口を開いた。

「あの……皆様、申し訳ありませんがこのあと約束がございますので」

「おおそれは失礼した。引き留めてしまって申し訳ありません」

滔々《とうとう》と美辞麗句《びじれいく》を口にしていた男が大げさなくらい驚いた顔をしてやっとアニアを真っ直《ます》ぐに見た。

ほら、お世辞だってバレバレじゃない。話してる間、自分の言葉に陶酔《とうすい》してるみたいでこっちの顔をまともに見てなかった。何を褒め称《たた》えていたのかしら。

「ところで、失礼ながらお約束というのは、もしや？」

今度は何を想像しているのか訳知り顔でニヤニヤしながら問いかけてくる。それを見てうんざりしたアニアはささやかな反撃を思いついて、にこやかに笑みを向けた。

「王女殿下に差し上げる御本をお届けに行くところですわ。ほらこの通り」

手の中に抱《かか》えていた大きめの革表紙の本を見せると、相手が顔を強《こわ》ばらせて絶句する。

分厚い革の装丁の表には流麗な書体で『拷問《ごうもん》の手法と歴史』と書かれていた。

「は……はは。そうでしたか」

その題名にさすがに怯《ひる》んでか引き攣《つ》った笑みを浮かべて彼らが引き下がってくれたので、アニアはやっと不毛な会話から逃げ出すことができた。

ああもう、なんだってあんな無責任な噂《うわさ》に皆様踊らされているのかしら。

どうせ他に彼らの興味を引く出来事が起きたらころりと忘れるに違いない……と我慢してはいるのだけれど、この状態になってからもう三ヵ月近くになる。

……何か彼らが群がるようなとんでもない醜聞《しゅうぶん》でも出てこないかしら。

などと不謹慎《ふきんしん》なことを考えながら、アニアは急ぎ足で王女の元へと向かった。


フィリウス大陸西端部の大国であるオルタンシア王国。

二十年前、王位争いの内乱に隣国が介入《かいにゅう》した混乱を乗り越え、今は国王ユベール二世により平和で穏やかな繁栄《はんえい》を誇っている。

王都リールの中心にあるこの優美な宮殿はその象徴《しょうちょう》であり、政治の中枢《ちゅうすう》でもある。

そして、アニアは三ヵ月ほど前からここで王女付き女官として働いている。

貧乏伯爵家の新米当主であるアニアが貴族の男性たちの注目を浴びているのは、王太子リシャールが特別な感情を抱《いだ》いている、という噂が原因だった。

リシャールは現在独身で、先日隣国アルディリアの王女との婚約が破棄《はき》されたばかり。次の縁談はまだ決まっていない。次期国王たる彼の結婚は王宮内の関心事の一つだ。

だからといって貧乏伯爵家の娘が対象になるはずがない。そんなことは誰にでもわかるだろう、とアニアは最初その噂を甘く見ていた。

王太子殿下が興味を持っている貴婦人がどんな人なのかと好奇心で話しかけてきているだけだから、一回りしたら幻滅《げんめつ》して来なくなると思っていたのに。

それなのに次々と家には贈り物やら招待状やらが届くし、王宮を歩いていたらあれこれと話しかけられる。

それで、気づいた。自分たちの権力拡大のために王太子になんとか取り入りたいと考えている人たちにとって、アニアは手近な足がかりなのだと。

どちらにせよそれは彼らの都合なので、アニアにとってはただの迷惑行為だ。

そして、その一方でリシャールの寵姫《ちょうき》になろうと狙《ねら》っていた令嬢たちはアニアの存在が面白《おもしろ》くないらしく殿方たちとは別の意味で絡んでくる。

こそこそと噂話をしながら嘲笑《ちょうしょう》を向けてきたり、すれ違いざまに容姿を馬鹿にする言葉をぶつけてきたりしていた。

呼び止めて仕事の邪魔をしない分、彼女たちの方がまだ親切だわ。それにびっくりするほど定番の嫌がらせなので予想の範囲内だし。

……というか、どうして皆様そんな噂を信じるの?

そもそも王太子殿下の特別な感情も何もあるわけないじゃない。王女殿下のお側にいるからお会いしたことがあるだけなのに。誰なのそんな無責任な噂を流すのは。

アニアはそう思いながら手の中の本を抱え直した。

考えても仕方ないわ。いくら違うと言っても全く聞いてくれないし。あの人たちの耳は都合のいいことしか入らない仕組みなのかしら。

それよりも、今度こそ誰にも見つからないようにしなくては。

そう決意して王宮に忍び込んだ泥棒《どろぼう》にでもなった気分で周囲を注意深く見回しつつ進んでいたアニアだったが、今度は正面から歩いてきた集団と鉢合《はちあ》わせてしまった。

……見つかった。

また話しかけられるかも……と思いつつその真ん中にいる人物に気づいて慌てて一歩下がりながら一礼する。

「おや、クシー女伯爵ではないか。息災であったか?」

にこやかに話しかけてきたのは国王ユベール二世その人だった。隣には王太子リシャール、そして背後には護衛と宰相《さいしょう》も一緒にいる。おそらく執務に向かうところなのだろう。

ユベール二世は金髪と淡い金褐色《きんかっしょく》の瞳をした整った顔の持ち主で、四十歳を過ぎているとは思えないほど華《はな》やかで若々しい。温厚で気さくな明るい人だ。

……その隣で鋭い目つきで黙り込んでいる人と親子とは思えないくらいに。

「はい、お陰様でつつがなくすごしております。国王陛下におかれましてもご機嫌麗《うるわ》しゅう……」

「堅苦《かたくる》しいのは省略して構わん。少し顔色が悪いようだが、エリザベトが何か無理を言って困らせておらぬか？」

作法通りの挨拶《あいさつ》をしようとしたアニアを制止して、国王は顔をのぞき込んできた。

国王ともなれば臣下《しんか》と気軽に話したりはしない……のが本来の作法だったはずだが、この人にはそんな堅苦しさは全くない。

「いいえ。王女殿下にはとてもよくしていただいております」

それでもアニアがいくらか疲労を感じていることに目ざとく気づいて問いかけてくる。見かけ通りの緩《ゆる》い人ではないのだとアニアは改めて気づかされた。

「そうか。仲良くしてくれているのならよい」

国王は穏やかに頷いた。そこへ隣にいた王太子リシャールが強い口調で告げてきた。

「陛下。お急ぎになってください」

「ちょっとくらいいいだろう」

「皆を待たせているのです。それに彼女も仕事中なのですから、ほどほどになさってください」

リシャールは父ユベール二世とは瞳の色くらいしか共通点がない。見上げるような逞《たくま》しい長身と短く無造作に切りそろえた黒髪、そして何より目の鋭さが特徴的だ。

同じ金褐色なのに、陛下だと暖かい陽光のような印象で、この方だと猛禽《もうきん》の瞳のように見えるから不思議だわ。

その厳《きび》しい口調と鋭い目つきから初めて会った頃はすごく怖い人だと思い込んでいたけれど、今は職務に忠実で真面目《まじめ》だからこその態度だとわかっている。

国王はやっと諦《あきら》めたように頷くと、アニアの手元にちらりと目を向けてきた。

「もう少し話がしたかったが、残念ながらこの通り急ぎの案件でな。……それから、その本は面白そうだな。後で構わぬから貸してくれぬか？」

「え……いえ、陛下のお目にかなうようなものでは……」

アニアは手にしていた『拷問の手法と歴史』の表紙を慌ててひっくり返した。

「陛下、お急ぎください」

まだ話が続くと思ってか、リシャールがさらに語調を強めて急かしてくる。

「ああもう、わかったわかったわかったわかった。それではな、またゆっくり話そう」

国王は促《うなが》されてしぶしぶという様子でまた歩き出した。リシャールはこちらを見もせずにそのまま大股《おおまた》で歩いて行く。

国王に付き従うように歩いていた丸顔の男がすれ違いざまにアニアを見てぺこりと一礼した。

宰相のシリル・ポワレだ。ふんわりとした表情は国王と劣《おと》らないくらい緊張感がないけれど、こちらは初めての平民出身宰相で優秀な人物と名高い。

アニアは遠ざかる集団を見ながらふと口元に笑みが浮かんでいた。

……何だかあの中だと、王太子殿下がすごく目立って見える。だってお一人だけ歩き方に迷いがなくて速い。他の人たちは陛下に合わせてかのんびり歩いているのに。

あの中で実は一番年若いのに一番苦労がにじみ出ている。

公務の合間に抜けだそうとなさる国王陛下を連れ戻しているのもたびたびお見かけするし、本当にお忙しそうだわ。

あれではどちらが親なのやら、とうっかりと失礼なことを考えてしまいそうになる。

だけど、迷いのない背中を見ているとあの人についていけば大丈夫、という気持ちになるほどに頼もしさを感じてしまう。次期王位継承者としての風格だろうか。

「あ、いけない。わたしも急がないと」

アニアは今度こそ誰にも見つかりませんように、と周囲を窺《うかが》いながら歩き出した。


アニアが仕《つか》えているエリザベト・アデラール王女はアニアと同い年で十六歳。別名「書庫の姫」と呼ばれるほどの読書家だ。

王女が日中のほとんどをすごしているこの部屋は、実は書庫の隣にある。アニアが王宮に上がる前は、彼女は書庫に住み着いて寝泊まりしていた。

今は妥協策《だきょうさく》としてお泊まりをしない代わりにここを執務室代わりに使うということになっている。

アニアが歩み寄ると王女は拡《ひろ》げていた本から顔を上げて、明るい笑みを向けてきた。

「おお、アニア、遅いから何かあったのかと心配していたぞ」

ああ、なんて美しいのかしら。

アニアは思わず彼女の容姿を称える言葉を頭の中で並べ立てた。

すらりとした長身と滑《なめ》らかな白磁のような肌。無造作に束《たば》ねただけの黄金の髪が父ユベール二世譲《ゆず》りの美貌《びぼう》を気高い光のヴェールのように包んでいる。

そして、金褐色の瞳は彼女の非凡さを示すように生き生きとした好奇心にあふれている。

さりげない振る舞いにも凜《りん》とした気品があって、そこに立っているだけで目を惹《ひ》きつけられる。アニアにとっては自慢の女主人だ。

褒め称えるにふさわしいのはこういう方だわ。自然に美しい言葉があふれてくるようだもの。

アニアは一人で納得した。

「大変遅くなりました。申し訳ございません」

「詫《わ》びなど要《い》らぬ。そなたを待つ間に本を読むことができたからな」

謝罪したアニアに、大量の本と菓子とお茶を載せたテーブルの向こう側から鷹揚《おうよう》な答えが返ってきた。

ここに至《いた》るまでの道のりを説明すると、椅子からずり落ちそうな勢いで彼女は声を上げて笑った。

「人気者は大変だな、アニア」

「笑い事ではありませんわ。リザ様。このままでは永遠にこちらにたどり着けないのではないかと思ったくらいですもの」

アニアはエリザベト王女を愛称で呼ぶことを許されていた。彼女もアニアといるときは気取った様子もなく打ち解けてくれている。

「それに、延々退屈な自慢話とありきたりなお世辞を聞かされただけですから」

それを聞いてリザはますます笑っている。

「それはな、向こうは一応口説《くど》いているつもりだと思うぞ」

「……そうなのでしょうか？」

口説くというのなら、もう少しこちらに興味を持っているように振る舞うものではないのかしら。恋愛小説の主人公のように情熱的な口説き方までは望まないけれど、あんな定型のお世辞ばかりではさすがに退屈してしまう。

アニアが戸惑《とまど》っていると、リザは頷いた。

「向こうは気の利《き》いたことを言っているつもりなんだろう。まあ、アニアが相手に興味がないのなら受け流しておけばいい。それにしてもこう毎日では面倒だな。いずれ兄上から何か詫びの品を贈っていただこう。元はといえば兄上が悪いのだから」

悪戯《いたずら》っぽく微笑《ほほえ》むリザに、アニアは慌てて頭を横に振った。

「そんな滅相もない。王太子殿下には何も落ち度はありませんわ」

リシャール王太子は見目も人柄も軍人としての手腕も素晴らしく、完璧《かんぺき》な次期王位継承者だと期待されている。唯一の難は職務に真面目すぎることくらいだ。

女性の噂が全くなかった彼が、三ヵ月前の舞踏会で珍しく自分からダンスを申し込んだ。居合わせた貴族たちは驚いてその相手は何者なのかと大騒ぎになった。

……そのダンスの相手がアニアだったのだ。

アニアが王太子の「お気に入りの女性」だと噂されているのはそのせいだ。

最初はリシャールもダンスに誘ったことに他意はなかったと公言していたが、逆に怪しいと思われて噂を煽《あお》る結果になってしまった。

あの日アニアは従兄《いとこ》のティムにダンスを申し込まれていたのに彼が仕事で会場に戻れなくなった。その代わりにとリシャールが声をかけてくれた。きっとぽつんと一人でいたアニアを見かねてのことだろう。

初めて王宮の舞踏会で踊るという経験をさせてくれたリシャールには感謝こそしても、それで迷惑をかけられたとは思っていない。むしろ巻き込んで申し訳ないくらいだ。

「それにそろそろ皆様ただの噂だと諦めてくださる頃合いではないでしょうか」

アニアがそう答えるとリザは口元に笑みを浮かべた。

「まあ、そうだな。兄上がさっさと妃《きさき》をお迎えになればよいだけのことだ。なのに、父上も兄上ものんびり構えているから、周りがやきもきしてつまらん噂に振り回されるのだ」

リシャール王太子は二十四歳。王族としては結婚が遅れている。

元々隣国アルディリアの王女との婚約が内定していたのだが、両国の関係が悪化して取り消されることになった。それが今になっても独身の理由だ。

それでも、次期王位継承者ともなれば縁談には不自由しないだろう。

「お話がありすぎて迷っていらっしゃるのではありませんか？」

「それならいいが。グズグズしていたらあの変態公爵家と比べられることになると脅《おど》かしてやるかな」

リザが腕組みをしながらアニアを見た。アニアはその意味に気づいて声を落として問いかけた。

「リザ様。それはあまりに酷《ひど》いのではありませんか？」

「変態だけで話の通じるそなたもどうかとは思うぞ？」

にやにやと笑うリザに確かに無礼だと気づいてアニアは慌てた。

「だって、有名じゃないですか。あのお家は」

リザの言う変態公爵家とはメルキュール公爵家のことだ。というより他に該当《がいとう》する家はない。東部に領土を持つ傍系《ぼうけい》王族の一つであるが、いろんな意味で有名な家柄だった。

まず代々の当主に問題のある個性的な人物が多い。中でも先代の当主があまりに奇人変人すぎて縁談の相手にことごとく逃げられたという話はアニアでも知っている。

「先代の公爵は虫や蜘蛛《くも》の蒐集家《しゅうしゅうか》でいらしたんですよね。お気に入りの大蜘蛛が亡くなったときはお葬式《そうしき》までなさったとか」

メルキュール公爵の紋章《もんしょう》は中央に蜘蛛をあしらった珍しいものだ。それにあやかってか先代公爵は城内で蜘蛛を飼《か》っていた。珍しい外国産の蜘蛛もいたのだとか。

さらに飼っていた蜘蛛の葬式で大号泣していたという。

それではどの貴族も娘を嫁《とつ》がせるのは考えるだろう。さらに当人が全く人間には興味がなかったので、結局その後も独身のままだった。今は養子に家督を譲《ゆず》って悠々自適で昆虫採集に励《はげ》んでいるらしい。

さすがにそれと比べられるのでは気の毒に思えてくる。

「まあ、あれはさすがに今でも語り草だが。現在過去形で話せないのが残念だ」

リザは溜め息をついた。その様子にアニアは首を傾《かし》げた。

過去ではない？　けれど今のメルキュール公爵は確か……。

そこへ侍女がやってきて王太子の来訪を告げた。

「おやおや、噂をしていたら当人がいらしたぞ」

アニアは慌ててテーブルの上に置いていた本を傍《かたわ》らの椅子の上に移動させた。

程なく入ってきたのは王太子リシャールとその側近マルク伯爵。

リシャールはこちらに大股で歩み寄ってきた。普段から目つきが鋭くて厳《いか》つい印象だが、さらに強く口を引き結んでいる様子からしてひときわ表情が硬く見える。

一歩下がったところで控《ひか》えている赤銅色《しゃくどういろ》の髪をしたティムことマルク伯爵ティモティ・ド・バルトは王太子より一歳年長でアニアの従兄に当たる。アニアと目が合うと水色の瞳を細めて柔《やわ》らかい笑みを向けてきた。

対照的な印象の二人は王宮内でも普段からひときわ目を引く存在だ。共通点はアニアにとって首が痛いほど見上げなくてはならない長身の持ち主だということくらいだろう。

ただ、アニアはリシャールの表情が気になった。

なんだか先ほどよりも殿下のお顔が険《けわ》しい気がするのだけど。何かあったのかしら。

リシャールは鋭い金褐色の瞳でぐるりと室内を見回してから、挨拶もそこそこに重々しい口調でリザに問いかけた。

「歓談中に邪魔をしてすまないが、少しいいだろうか?」

「構いませんけれど、何かあったのですか? 兄上」

リザもその態度に違和感を覚えたのだろう。すっと真剣な表情になる。よほどの深刻な問題だろうかと、アニアも緊張して次の言葉を待ち構えた。

リシャールは一度口元を引き締めると覚悟を決めたように告げてきた。

「……落ち着いて聞いてくれ、エリザベト。ジョルジュが帰ってきた」

リザはぱちぱちと瞬《まばた》きをしてから、それから深刻な口調で問い返した。

「それはどちらのジョルジュ殿ですか？　もしかして、あの？」

「……そうだ。そのジョルジュだ」

「それはまた、大変なことになりますね」

大きく頷き合う兄妹を見ながら、アニアは首を傾けた。

……ジョルジュ？　あのジョルジュ？　どのジョルジュ？

全く会話の意味が摑めなかったが、リシャールの後ろに控えていたティムが、笑み混じりに唇の動きで伝えてきた。

メルキュール公爵ジョルジュ。リザいわくの変態公爵家の現当主だ。

そういえば、リザは変態公爵、ではなく変態公爵家と言っていたと、アニアは思い出す。

もしかして……今の当主の方も変態なのかしら。って、変態って何の？

「それにしても、父上がよくお許しになりましたね」

「許すも何も、ラウルス大公の特使として勝手に帰って来たんだ。おかげで迎え入れるこちらも大騒ぎだ。ここにも現れるだろうから、くれぐれも気をつけるように」

そこでリシャールとリザは話に取り残されていたアニアに気づいたらしい。

「そうか、アニアは会ったことがなかったな。さっき話していたメルキュール公爵家の現当主がどうやら留学先のラウルスから帰ってきたらしい」

「では……王太子殿下の……」

アニアが思わず口を開くと、リシャールが重々しく頷いた。

「そうだ。オレの双子《ふたご》の弟だ」

リシャール王太子とメルキュール公爵家当主ジョルジュは双子の兄弟だ。

王家の傍系に当たるメルキュール公爵家にいろいろあって跡取りがいなかったので国王の第二子であったジョルジュを養子にして継がせた、というのは有名な話だった。

現在でも表向きは臣下だが、王太子に嫡男《ちゃくなん》が生まれるまでは第二位の王位継承者という立場だ。

ジョルジュは国王の命によりラウルス公国へ留学中だったという。アニアの王宮仕えと入れ違いになっていたので確かに全く面識はなかった。

ただ、久しぶりの肉親との再会のはずなのにどうして二人ともまるで悲劇の登場人物のような顔をしているのだろうか。

リザが突然アニアに詰め寄ってきて両手を摑んだ。

「アニアもくれぐれも気をつけるのだぞ。あの人が王宮に戻ってくると大概《たいがい》ろくでもないことが起きるのだ」

「……そう、なのですか？」

アニアはその勢いに気圧《けお》されて、王太子にちらりと目を向けた。するといつもリザの突拍子もない言葉を否定してくれるはずの彼までも頷いていた。

「確かに。そなたにも迷惑がかかるかもしれないな」

「いえ、そのようなことは……」

アニアが戸惑っていると王太子は大きく溜め息をついた。

「奴《ヤツ》があちこちに現れて妙な振る舞いをするかもしれないから、警備も増やすつもりだがまだここまで手が回っていない。だから念のためにマルク伯爵を置いていく。頼むぞ」

「わかりました。殿下」

ティムが恭《うやうや》しく一礼した。

警備？　帰国するだけで、兄や妹がこれほど深刻な顔をするとは、そんなに危険な人物なんだろうか。

用事は終わったとばかりに王太子は出て行った。残されたティムはふわりと微笑んだ。

「慌ただしくて申し訳ございません、王女殿下」

「……もう堅苦しい兄上はおらぬのだから、普段通りで構わんぞ。ティムよ」

リザがそう言って苦笑いする。

「ありがとうございます。リザ様」

彼がアニアと幼なじみで従兄だということからか、最近リザはティムも愛称で呼ぶことを許しているらしい。

「それにしても、あの人が帰ってくるのでは、落ち着かぬな。せっかくアニアの新作が読めるというのに」

リザがさっき隠した本に目を向けた。実は拷問の歴史云々という大仰《おおぎょう》なタイトルの本は表紙だけで、中には全く違うものが挟《はさ》んであった。

アニアが趣味で書いている恋愛小説の原稿だ。こうやってニセモノの表紙に挟んで運べば大概の人は中を開こうとは思わないだろうとリザが考案した。ただ題名が刺激的すぎて誤解を招《まね》くおそれもあるような気もする。

王宮内でアニアが小説を書いていることを知っているのはティムとリザだけだ。

今日もリザが続きが書けたら見せて欲しいと言ってくれたので、アニアは書きためた分を部屋から持ってきたところだった。

「これはいつでもお読みいただけますわ。けれど、ジョルジュ様はいったいどのようなお方なのですか？　双子ということでしたら、王太子殿下に似ていらっしゃるのですか？」

リザが何とも言いがたい顔つきになった。ティムも口元を強《こわ》ばらせている。

何か悪いことを言ったかしらと戸惑っていたら、リザが大きく首を横に振ってアニアに向き直った。

「アニア。それはリシャール兄上には言わぬほうがいいぞ。ジョルジュ兄上に似ているなどと言われたら、怒って石の壁を拳《こぶし》で壊そうとするかもしれぬ」

「さすがの殿下でもそれは無理でしょう……。どちらかといえばお顔立ちはリザ様の方が似ていらっしゃいますね。王太子殿下は母君似ですが、あちらは父君似なので」

「不本意だがな」

ティムの言葉にリザも不承不承という様子で頷いた。

確かに双子とはいえすべてそっくりだとは限らない。それでも似ているというだけでここまで嫌がられるのはどういうことなんだろう。

アニアが考え込んでいると、ティムが指を額に押し当ててから呟いた。

「喩えるなら……そうだ。アニアの小説の主人公、エルウッドを派手にして、さらに暴走させた感じじゃないかと」

「え？」

アニアは戸惑った。

アニアの書いている小説『貴公子エルウッドの運命』に出てくる主人公エルウッドはキラキラした完璧な美男子だ。会話も洗練されていて女性にもモテるし、学問にも武術にも優《すぐ》れていて色々才能に恵まれた現実にはありえないような人物。

それをさらに派手に？　暴走させる？

リザ様に似ているというのなら美貌の持ち主という点はいいとしても、暴走って何？

そこへリザが付け加えた。

「あのエルウッドをウザいくらい喧《かしま》しくして、縦横無尽《じゅうおうむじん》に屈折させた感じだな」

「……ますますわかりません……というか、喩えとしてどうなんですかそれは」

自分の小説の登場人物を比喩《ひゆ》に使われても困る。そう思ったアニアだったが、二人ともどうやら本気で言っているらしい。

「まあ、放っておいてもいずれこちらにも来ることだろう。とりあえず今のうちにこれを読ませてもらおうか。ずっと楽しみにしていたのだからな」

リザがそう言って『拷問の手法と歴史』を手に取ると悪戯っぽい笑みを浮かべる。


「……なるほど。興味深いな。今回も怒濤《どとう》の展開だな」

アニアの小説を読み終えてから、リザが頷きながらそう呟いた。

「敵方だった異国の騎士リシャールがついに主人公と手を組むとはな。兄上と同じ名前のくせに、こやつはなかなか話がわかる奴ではないか」

リザはにやりと笑う。

「そんな、王太子殿下もリザ様にはお優しいではありませんか」

アニアの小説の中に王太子の名前を借りた登場人物がいる。主人公と反発していたけれど、理解者になるという格好のいい役どころだ。無愛想だが実はいい人というところも少し似ている。

「まあ、普段はそうかもしれないが、言いつけを守らなかったらうるさいからな。兄上がこれを読んだら少しは反省するのではないだろうか」

「やめてください。これを殿下に読まれるのはさすがに恥ずかしいです」

わざわざ本人に見せるなんて考えたこともなかった。それに、無礼だとか怒らせてしまったらと思うと怖くなる。

「構わんだろう。侮辱《ぶじょく》しているわけではないから、不敬罪にはならんぞ？」

「無理です。考えただけで恐怖で胸が苦しくなりますもの」

リシャール本人はこんなことに名前が使われているとはまさか思いもしないだろう。

この小説の読者はリザとティムの二人だけだから、知られることはないはずだ。

「そのくらいにしてやっていただけますか、リザ様」

ティムも目を通しながら苦笑いしている。

「それにしても、家のことで忙しいはずなのによくここまで書けるものですね」

それを聞いてリザもアニアに問いかけてきた。

「そうだったな。続きは気になるが、無理はならぬぞ。ちゃんと寝ているのか？」

「大丈夫です。逆に忙しいと妄想《もうそう》がはかどるみたいで、むしろ調子がいいんです」

アニアが力説すると、ティムとリザは戸惑った様子で顔を見合わせていた。

「おそらく仕事で不満が溜まると、楽しいことを妄想して均衡《きんこう》を取るようになっているのかもしれませんわ。変でしょうか？」

「……なるほど。そなたにとっては息抜きが小説を書くことなのだな。それで、家はもう落ち着いたのか？」

アニアの両親と兄は三ヵ月前のランド伯爵の謀叛《むほん》騒動に巻き込まれて、爵位とその相続権を剝奪《はくだつ》された。それで唯一残ったアニアが家督を継ぐことになった。

騒動の解決にアニアが関わったことから、その報償《ほうしょう》だったのだろう。この国では前例のない女伯爵を名乗ることになった。それまで関わってこなかった領地の管理や交渉事《こうしょうごと》など多くの仕事をすることになった。

「幸いわたしは領地暮らしが長かったので、領民の方々に何かと協力していただけましたから。忙しくはしていますけれど、大きな問題はありませんわ」

問題は領地管理よりも家族のことだった。

クシー伯爵家はかつては名門だったらしい。亡くなったアニアの祖父エドゥアールは宰相を務めていた。けれど、前当主だった父や母たちの浪費で経済的に厳しい状態にあり、莫大《ばくだい》な借金が残っている現状はまだ変わっていない。

「そういえば、両親と兄は領地でおとなしくしてくれているのか？」

「ええ。大変でしたけれど、なんとか新しい仕事が軌道《きどう》に乗ってきました」

いくら領地で謹慎中《きんしんちゅう》だからとはいえ退屈させたらまた彼らは浪費に走るだろう。そう考えたアニアは領内の工芸品の工房で商品企画に携《たずさ》わらせることにした。

彼らは王都で派手な生活をしていたので目は肥《こ》えている。どんなものが流行《はや》るのか知っているのだから、それを使わない手はないだろうと。そうしたら予想外に好評で売り上げも上がっているらしい。

今は自分の考えたものが製品になるのが楽しいらしくて、両親も兄も王都にいたころよりも生き生きしているようだった。兄に至っては職人の仕事を教わったりしているらしい。

「借金を返しきるにはまだまだかかりそうですけど、いずれ近いうちに黒字にしてみせますわ」

「そうか、それは楽しみだな。そのときはぜひ帳簿を見せてくれ」

リザは大きく頷いた。

帳簿。そうだった。この方は帳簿を読むのもお好きなのだったわ……。

アニアはそう思いながら、そのときはぜひ、とだけ答えた。

読み物を求めて書庫に住み着いたり、公文書庫にまで入り浸《びた》ったりするという姫君は他にはいないだろう。

文字を読んでいないとじっとしていられなくなるリザは、公文書や帳簿までも読み物にしている。しかも時には間違いを指摘することもあるらしい。

抜群《ばつぐん》の記憶力の持ち主で、帳簿の監査までできるということは計算能力も高いということだろう。

もしリザ様が王女でなかったら、優秀な官僚になっていらしたに違いないわ。

けれど、彼女はその才能を発揮《はっき》することなくいずれどこかの国の王族に嫁ぐことになるのだ。

アニアはそれを知っているし、何よりリザ自身もその覚悟はしているだろう。

ふとリザが思い出したように立ちあがって文箱を持ってきた。

「ところで、アニア。さすがに書庫の本を読みあさるだけでは芸がないであろう。私も何か新たな趣味を始めようと思うのだ。幸いすぐに嫁ぐ予定がなくなったから今のうちにな」

「それは素晴らしいことですわ」

アニアは心の底からそう思った。

リザはアルディリアの王子との婚約が決まっていたが、リシャールと同じくアルディリアとの関係悪化で解消になった。

だから次の縁談が決まるまでは自由を謳歌《おうか》しようと考えているらしい。

リザ様ならすぐに次の縁談が来るだろうから近い将来この国を出て嫁いで行かれることになる。それまでに好きなことをたくさん見つけていただきたい。

けれど、アニアは次の瞬間困惑するはめになった。

「これは……リザ様がお描きになったのですか？」

差し出された紙に描かれたものを見て、アニアは遠慮《えんりょ》がちに問いかけた。

「そうだ。まずは絵でも描いてみようかと思ってな。今練習中なのだ。どう思う？」

どうって……これは何かしら？

期待の眼差《まなざ》しを向けられて、アニアは反応に困ってしまった。ペンで描かれたそれは一体何者なのか見当もつかなかった。

おそらく四本の足と目が二つあるから何かの動物よね？

頭が大きくて角とも耳ともつかないものがあって、見たこともない形をしている。地方育ちのアニアでもこんな生き物は心あたりがない。

隣にいたティムに助けを求めて目を向けると、彼は黙って目を伏せた。

仕方なくアニアは差し障《さわ》りのない答えを口にした。

「練習とはいえ動くものを描くのは大変だったのではありませんか？　リザ様は動物がお好きなのですか？」

リザはそれを聞いて目を輝かせた。

「すごいな、アニアは。これが動物だとわかるのだな。兄上に見せたら腐ったリンゴかと言われたぞ。これはな、穴熊を描いたのだ。だが、私は穴熊を見たことがないので書物の説明を参考にした」

どうやら動物という理解だけでも彼女にとっては嬉しかったらしい。

確かに四本足と白い部分と黒い部分があるから大筋では合っているけれど、言われても穴熊には見えない。

文献《ぶんけん》でしか知らない動物をいきなり空想だけで描こうとするのはすごいわ。初めて絵を描くという時に普通はそんなことを考えつかない。

さすがリザ様。余人を寄せ付けない発想が素晴らしいわ。

「すごいですわ。見たことのある動物を描くほうが簡単ですもの。けれど、どうしていきなり穴熊なのですか？」

「アニアの祖父が『穴熊』と呼ばれていたと聞いたのでな。そなたに見せたかったのだ」

アニアの祖父は先代国王の元で宰相を務めていた。小柄でちょこまかしていて何事にも目端《めはし》が利くところから『穴熊エドゥアール』と呼ばれていたらしい。

アニアが生まれる前に亡くなったので、祖父が本当に穴熊そっくりだったのかどうかは知らない。けれどリザが絵を描くときに一番に自分のことを思い出してくれたのは素直に嬉しかった。

「それは光栄ですわ。よろしければこれはわたしの部屋に飾らせていただきますわ」

アニアがそう言うと、リザは満足げに頷いた。

「そうか。だが、上達するためにはもっと練習をせねばならんな」

なにやら決意した様子にアニアは微笑んだ。

いずれ政略結婚で嫁ぐまでに彼女に好きなことが増えていけばいい。好きなことがたくさんある方が幸せになれると思うから。

「次こそ兄上を見返してやらねばならぬからな。感動のあまり言葉が出ないほどのものを描いて見せつけねばな」

……また王太子殿下に何を描いたかお尋《たず》ねになるのかしら。別の意味で言葉が出なくなるような自信作だったら、さぞお困りになるに違いないわ。

真面目な彼が妹の無茶ぶりに本気で悩むのを想像してアニアはこっそり同情した。

ティムも同じ事を考えていたらしく、慌てて口を開いた。

「おそらく、王太子殿下も悪気がおありになった訳ではありません。先の謀叛の後始末でずっとご心労が続いていらっしゃいますから……どうかお手柔らかに」

「まあ、そうだな。これ以上苦労をかけると眉間《みけん》の皺《しわ》がとれなくなるな。もう少し仕事が減ったころにしようか。それまで練習することにしよう」

リザは納得した様子で頷いた。それと同時に何やら部屋の外が賑やかになった。

「……何事でしょう?」

「まずいな。どうやらお出ましのようだな」

諦めた様子でリザが大きく息を吐いた。誰が、とは言わなくてもリザの表情からなんとなく察しがついた。

リザにこれほどの反応をさせるメルキュール公爵は一体どのような問題人物なのかと、アニアは少し不安になった。

「おお。これはこれは麗しのエリザベト王女殿下」

メルキュール公爵ジョルジュは部屋に入るとリザの前に素早く歩み寄った。そのまま大げさに跪《ひざまず》いたかと思ったら、息継ぎを感じさせない勢いで滔々《とうとう》と過剰《かじょう》なくらいにリザの美しさをまくし立て始めた。まるで芝居役者のような身振り手振りも入っている。

「ああ、素晴らしい。しばしお目にかかれぬ間にますます美しさに磨《みが》きがかかったご様子、これは殿方が放ってはおきますまい。なんという罪《つみ》なお方でしょう。不肖《ふしょう》このメルキュール、殿下のご成長に目がくらむ思いでございます。ガルデーニャの美貌の女神ですら殿下の前にあってはその名をはばかることでしょう。これほどの美と毎日読書で研鑽《けんさん》なさった知識をお持ちの姫はこの大陸どこを探しても他にはいらっしゃらないでしょう。いわば至宝と言うべきか」

つらつらとよく口が回るお方だわ。確かに王太子殿下とは真逆かも。

それがアニアが抱いた第一印象だった。

リザの方はまるで彫像のように表情を消していた。

きっと反応するのも面倒になっていらっしゃるのね。こんな怒濤の挨拶は聞いているだけで疲れそうだもの。

アニアは少し下がったところに控えてその様子を窺いながら思った。

……それにしても、よく似ていらっしゃる。

ジョルジュは華やかで魅力的な貴公子だった。

リザと同じ金髪と金褐色の瞳、整った甘やかな美貌。背丈はリシャールには及ばないがすらりとした細身で均整が取れている。身に纏《まと》っている服はシンプルなラウルス風のものなのにそれが豪奢《ごうしゃ》に見えるほど存在感がある。

確かに、アニアの小説の主人公に劣《おと》らない美男子だ。あくまで外見だけなら。

ただ、しゃべり始めたら一気に台無しになってしまった。

先刻この人が近づいてきたとき騒がしかったのは、大勢のご婦人方に囲まれていたからだった。しかも、リシャールと違い全員に愛想よく笑顔を振りまいていたので賑《にぎ》やかなことこの上ない。

もめ事になる前にこちらにご案内してくるようにリザに言われて出迎えたアニアとティムは、それを見て納得したのだった。

「……相変わらずその口は三日三晩磨き上げた床よりもなめらかに滑るようですね。そろそろ普通に話してくださいませんか。気色が悪いので」

リザはにべもなくそう言い切った。言われた相手は立ちあがると悪戯っぽく表情を緩める。

そうなると印象がずいぶん違う。明らかに先ほどまでの軽薄な態度は計算だったのだと気づかされる。

ただチャラいだけじゃないんだわ、この人。それにティムとリザ様がそろってあの小説の主人公を喩えに使ったからには、頭もいいに違いない。

アニアはそれに気づいて少し興味がわいてきた。

「酷いなー。せっかく帰りの馬車の中でずーっと何言うか考えてたのに。ところでそこの彼女。さっきも思ったけど、新しい女官だよね？」

そう言いながら室内を見回す仕草をして、ティムと並んで部屋の隅で控えていたアニアに意味ありげな目を向けた。

「もしかして、穴熊エドゥアールの孫娘って君なの？」

どうしてこの方がお祖父様《じいさま》のことを持ち出してくるの？

今までアニアに祖父のことを話題にしてくるのはたいてい年配の人だった。祖父は二十年前まで王宮に仕えていたが、この人はその頃まだ幼かったはずだ。

わざわざその名前を口にするということは、祖父に何か関わりがあるのだろうか。

リザが諦めた様子で頷いた。

「ええ。彼女はクシー女伯爵です。……アニア、こちらがメルキュール公爵だ。父上によく似ているだろう？」

「確かにそうですが……むしろ先の国王陛下のお若いころに似ていらっしゃいますわ」

アニアがぽろりとそう答えると、ジョルジュが目を丸くした。

「え？　お祖父様？　名前が同じだから年配の人からはよく言われるけど……僕のお祖父様の

若い頃を見たことがあるのかな？」

アニアは失言に気づいた。

十六歳のアニアが、生まれるよりも前に亡くなったジョルジュ四世の若い頃の姿を知るはずがない。けれど、彼を見ているとごく自然に頭の中で先代国王の顔が思い浮かんだのだ。

実はアニアは亡くなった祖父の記憶の断片を見ることができるらしい。それがわかったのは王宮仕えを始めてからだった。それまでは頭に浮かぶ情景を自分の妄想だと思っていた。

ただ、先代国王時代の宰相の記憶ともなると、公表できないことも含まれる可能性がある。だからうかつなことは言えないし、このことを知っているのはごく一握《ひとにぎ》りしかいない。

よけいな疑惑を持たれないためにも公言しないほうがいいとリザから言われているので、アニアは何とか取り繕《つくろ》おうとした。

「いえ。肖像画で拝見しただけですわ。……初めまして、メルキュール公爵閣下。クシー伯爵アナスタジアにございます」

慌ててそう答えて軽くドレスのスカートを摘まんで一礼した。こんな答えで納得してくれるだろうかと思っていたら、突然相手に両手を摑まれた。

「可愛《かわい》い人。どうか、僕のことは気軽にジョルジュと呼んで欲しいな」

「……え？」

顔を上げると目の前に相手が立っていて驚いた。何か珍しいものを見つけたような嬉しそうな顔でこちらを見つめている。

……なんだろう。すっごく嫌な予感がする。

アニアはそう思いながらも失礼にならない程度にやんわりと後ろに下がった。すると相手はますます歩み寄ってくる。

ちょっと待って何で？

アニアの焦《あせ》りも全く無視して相手は怒濤のように話しかけてきた。

「いやあ、話には聞いていたんだけど想像以上だよ。書庫に住み着いていたリザを外に引っ張り出したというだけで驚いたのに、読書魔のリザと馬が合うなんてどんな人だろうと思っていたんだ。その上切れ者と評判だった元宰相の孫娘だとか。面白い。実に実に面白い。ぜひともお近づきになりたいな。ところで、君はダンスが好きだと聞いたんだけど、滞在中に機会があればお相手願いたいな」

「あの……どなたかとお間違えではありませんか？　わたしはダンスは得意ではありませんから……」

好んで踊ろうとは思わないし、それに背が低いのでたいていの殿方からは踊りにくそうにされる。だからあまり好きではない。

「おや、それは聞いた話と違うなあ。王太子殿下と親しげにワルツを踊っていたんじゃないのかな？　それとも僕ではお相手として物足りない？」

この人は国を離れていたとはいえ、ある程度のことは知っているらしい。

リシャールと舞踏会で踊ったことで噂になっているのも。

「……そのようなつもりはございません。それにあれはわたしに相手がいなかったので殿下がお情けをかけてくださっただけのことですから。親しげだなんて、ただの噂話ですわ」

アニアがそう弁解すると、相手はますます目を輝かせて顔を近づけてくる。

「では、殿下のことはただの噂で、君には将来を約束した相手はいない、ということ？」

「はい……？」

将来？　確かにまだアニアには婚約者もいない。けれど、どうして初対面でそこまでこの人が踏み込んでくるのかと不安になってきた。

「なんと、嘆《なげ》かわしい。これほどの方に愛を囁く者がいないとは。しばらく不在にしていた間にこの国の男どもは不甲斐《ふがい》なくなってしまったようだ」

ジョルジュはこの世の終わりとでも言いたげな悲観的な顔になって、さらに言葉を継いだ。

「ならばこの僕が名乗りを上げても構わないということだ。アナスタジア。王太子殿下が気まぐれに情けをかけたというのなら、僕は君に真実の愛を捧《ささ》げよう。どうかこの僕の手を取ってくださらないだろうか」

手を取って欲しいも何も、すでに手を握りしめて離さない状態で言われても。

リザもティムもジョルジュの勢いに驚いたのか固まってしまっている。

真実の愛って、いきなり何を言ってらっしゃるの。おかしいでしょう？　さっき会ったばかりなのに、この人がわたしを好きになるような要素がどこかにあった？

よく物語に出てくる一目惚れ《ひとめぼ》って、現実に起きるとこんなに胡散臭《うさんくさ》いものだったのね。

アニアが書く小説にもここまでの強引な展開はない。

とりあえずこのまま黙っていたのでは了承したと思われてしまう。それは避けなくてはとジョルジュの顔を見上げた。

「申し訳ありませんけれど、公爵閣下。わたしはあなた様のことを何も存じ上げませんわ」

アニアがそう答えると、ジョルジュは砂糖を煮詰めたような甘い微笑みを浮かべた。

「おお、それは失礼。君の魅力に目がくらんで焦りすぎてしまったようだ。ではこれから毎日会いに来ることにしよう」

「え？」

「僕は本気だよ。安易に媚《こ》びたりしない身持ちの堅さも好ましい。それでは、また」

言うだけ言うと、アニアの手の甲に唇を触れさせてからあっさりと去って行った。

……人の話、全然聞いてないわ……あの人。

あの人が帰ってきたらろくでもないことが起きる、ってこういうことなの？

室内には大嵐が去ったあとのような空気が漂《ただよ》っていた。あまりのことにリザもティムもアニアもしばらく言葉を発することはなかった。

沈黙を破ったのは慌ただしい足音とともに入ってきたリシャールだった。

「ジョルジュが侍従たちを振り切って逃げ出したらしいんだが、ここに来なかったか？」

その声でやっと呪縛《じゅばく》が解けたように、リザがさあっと顔を赤らめた。怒りを込めた口調でリシャールに答えた。

「とっくに出て行きました。こともあろうにアニアに求婚なさってました」

「求婚？　何故そうなる？」

真顔でリシャールが問いかけてきた。ティムがやっと大きく息を吐いた。

「どうやら最初からそのおつもりだったように見えました。多少からかわれるくらいで済むと思っていたのですが、相変わらず予想を裏切るお方です」

確かにリシャールやリザが、アニアに迷惑をかけるかもしれないと言っていた。何か予想していたのかもしれないが、いきなり求婚してくるとは思わなかったのだろう。

臣下とはいえメルキュール公爵家は傍系王族だ。その上彼は現国王の嫡男《ちゃくなん》で王位継承権は二位。気まぐれで求婚できるような立場ではない。彼の結婚は多くの政治的な意味を伴《ともな》うものなのだから。

「……きっとご冗談ですわ。わたしなどでは……」

家格からしても釣り合《つあ》わない。アニアがそう言いかけると、リシャールは深刻そうに眉《まゆ》を寄せた。

「いや。そうでもない。無論国王陛下のお許しは必要だが、基本的に双方の当主の同意があれば問題がないのだからな。だが、初対面でいきなりとは……」

正式に結婚を申し込むなら家同士で使者を立てて交渉《こうしょう》するものなのだから、確かにいきなりすぎる。

「まさか正式に手続きを踏むおつもりではないですよね？」

不安になって思わず口にしたアニアの呟きに、リシャールが眉間に深い皺を寄せた。

「まさか。……いや、あいつのことだからないとは言い切れない。だが、そもそも本気ならまずは国王陛下に申し上げるべきだろうし、滞在期間を考えても難しいだろう」

リザが苛立《いらだ》ったようにリシャールを睨《にら》んだ。

「どうにかならないのですか？　ジョルジュ兄上にはすぐにでもラウルスに戻っていただきたいくらいです」

リシャールは困ったように首を横に振った。

「無理を言わないでくれ。危害を与えたのならともかく、求婚しただけなら両家の問題だ。それに今回の帰国は一時のものだからまたラウルスに戻るはずだ」

「そもそも何をしに戻っていらしたのですか？」

リシャールは妹の不機嫌な目に根負けしたように溜め息をついた。

「ラウルスの第三公女とオレとの縁談を持ってきたんだ。返事を受け取ったら戻るらしい」

「ではさっさと返事をしてくださいませんか。そうすればジョルジュ兄上もアニアのことを諦めるでしょうし」

「無茶を言わないでくれ。そもそも、決めるのは父上だ」

兄妹の言い合いを前にして、ティムは笑いを堪《こら》えているような微妙な顔をしていた。

ジョルジュはラウルス大公に依頼されてリシャールの縁談を持ってきたらしい。それを聞いてアニアはほっとした。

リシャールは近いうちに妃を迎える。それは確実なことだし間違いないことだ。

そうなったらきっとあのくだらない噂も消えて静かになるかしら。

殿下のお相手はどこかの王族で、お隣に立つにふさわしい立派な姫君だろう。お二人が並んだお姿を見られる日が……。

それなのにアニアはその光景が全く想像できなかった。

……あれ？　どうして？

普段からリシャールは王太子という立場にふさわしい行動を心がけている。近づいてくる女性たちに対しても平等に一定の距離を取っていた。

ああ、想像できないのはきっとそのせいだわ。

リシャールが妃を伴った姿が思い浮かばないのは、今までこの人が家族以外の女性を伴っているのを見たことがないからだ。そうに違いない。

そんなことを考えていたら、不意に目の前に陰が差した。王太子の長身が正面に来ているのに気づいて驚いて顔を上げた。

「……巻き込んでしまってすまない」

深刻そうな顔つきで、鋭い目を真っ直ぐにこちらに向けてきている。

この人のせいじゃないのに。むしろこの人が気にする必要はないのに。

アニアはそう思いながら深く頭を下げた。

「もったいないお言葉です」

「このことは父上に報告しておく。大丈夫だ。無理強《じ》いはさせない」

……大丈夫だ。

そんな言葉をいただけるなんて思わなかった。

リシャールは特定の誰かを贔屓《ひいき》していると見せないように振る舞っている。

甘い言葉を口にしない人だからこそ、この言葉に込められた意味の重みがわかった。これはこの人の最大限の気遣《きづか》いなのだ。

「ありがとうございます。そう言っていただけるのは大変心強いですわ」

アニアが答えるとリシャールは重々しく頷いて部屋を出て行った。足取りに力が入っていて苛立っているのがなんとなく察せられた。

ティムも一緒に行ってしまったので、二人残されたアニアとリザは顔を見合わせた。

途方もない嵐にかき回されたような気分だった。

「……やれやれ。殿方というのは面倒くさいな」

リザはそう言いながら椅子に戻って傍らの本を手に取った。

「リザ様?」

「ジョルジュ兄上とリシャール兄上はいささか複雑な関係なのだ」

リザはいくらか重々しい口調で説明してくれた。

同じ日に生まれた双子でありながら、片方は臣下に養子として出されて、もう片方は王太子。その立場の違いを本人たちは互いに負い目に思っているのだと。

「確かにそういうお立場でしたら自分がどうして、と思ってしまいますね」

養子に出すことが決まったのは二人がまだ幼いころだった。お互いにどうして自分が選ばれたのか、どうして残されたのかと考えるだろう。

「先代のメルキュール公爵は蜘蛛を育てるのは得意だが、人間の子育てにはまったく向かない人物だ。だからジョルジュ兄上は養子になった後も家督を継ぐまでは王宮で暮らしていたのだ。あくまで貴族の子弟の一人として。さすがに複雑であろう」

「……ではお二方の間には今もわだかまりがあるのでしょうか」

養子に出されたことで、ジョルジュは何か遺恨《いこん》を抱いているのだろうか。

「わだかまりというよりも、ジョルジュ兄上が一方的に突っかかっているようにも見える。リシャール兄上はジョルジュ兄上と正面から当たることを避けているようだし。アニアに言い寄ろうとしたのも、リシャール兄上がアニアを気に入っているという噂を聞きつけたからだろうな」

ああ。それで。アニアは納得した。リシャールが謝ってくれたのはそのせいなのだろう。自分たち兄弟の問題に巻き込んでしまったと思ったからだ。

「では、からかっていらしただけなのでしょうか？」

さすがに対抗心だけで求婚するのはやり過ぎのような気がする。もしかしたら値踏みするつもりで反応を見たかっただけかもしれない。

「それだけならいいのだがな」

リザは金褐色の瞳を細めて、考え込んでいるように見えた。

「何か、ご心配でもあるのですか？」

アニアが問いかけると、リザは首を小さく横に振る。

「まあ、二人ともいい大人なのだから心配は要らないだろう」

「そうですね」

アニアは頷いた。

ジョルジュ様のことはよくわからないけれど、王太子殿下は常識をわきまえた大人だわ。だから、あの方が大丈夫だと言ってくださったからには、きっと大丈夫。

「ところでアニア。そなたは今、決まりかけた縁談などはないのだな?」

リザがふと思い出したように問いかけてきた。

「……はい。家督を継いだばかりでいろいろ忙しくて考えていませんでした」

以前、両親はアニアを金持ちに嫁がせて窮状《きゅうじょう》をなんとかしようと狙っていた。

けれど、今は当主として自分で家の行く末を決めなくてはならない。領民の生活を預かる責任もある。

理想的なのはアニアが婿《むこ》を迎えることだ。しかし、今の伯爵家の財政状態では来てくれる人がいるとは思えなかったので、それなら先に借金をなんとかしなくてはと考えていた。

「ジョルジュ兄上が求婚したことを知ったらどう出てくることか……。焦って口説きに来る奴はいるかもしれぬな」

「え?」

「アニアはどうして貴族たちが取り入ってくるのかわかっていないだろう?」

リザは金褐色の瞳に複雑な感情をにじませた。

「……わたしを通して何か王太子殿下に便宜《べんぎ》を図ってもらおうと思っているからではないのですか?」

最近何かにつけて話しかけてくる殿方たちの狙いは口利きを頼みたいからだと思っていた。

アニア自身が権力を持っているわけではないのだから、彼らの狙いはリシャールだ。

けれど、アニアには便宜を図るように口添えする気もないし、したところでリシャールが聞き入れるはずもないのに。

それを聞いてリザはまあそうだな、と曖昧に答えただけだった。


その日の午後、書庫の片付けを終えて部屋に戻ろうとしたアニアは、正面から歩み寄ってくる人物を見つけて足を止めた。細身で黒髪の男性。地味な抑《おさ》えた色合いの上着を纏っている。

あの人は宰相補佐を務めているパクレット子爵だ。ポワレ宰相と同行しているのをよく見かける。

白皙《はくせき》に落ち着いた風貌といい、いかにも文官らしい穏やかな雰囲気《ふんいき》の人だ。

「クシー伯爵。こちらにおいでだと聞いて探していた」

「何かございましたでしょうか。パクレット子爵様」

わざわざこの人が探しに来るなんて、何事かしら。

アニアが身構えると、相手は首を横に振った。

「いや、私が個人的に用件があっただけだ」

アニアはそれを聞いて戸惑った。

この人とは個人的な会話をするほど親しくない。わざわざ探しに来てまで話したい用件に心あたりがなかった。

リザが文書庫から戻らなくて呼びに行ったときに何度か顔を合わせたことはある。そのときも挨拶程度の会話をしただけだ。

二十七歳という若さで宰相の補佐をしているのだから、よほど優秀で頭も切れるのだろうという印象だった。

「わたしに……ご用ですか？」

「このような場所ですまないが、確かめておきたい。あなたにはまだ婚約者がいらっしゃらないというのは本当ですか？」

穏やかな口調だが、目は真剣そのものだった。アニアはそれを見て警戒心が湧《わ》き起《お》こる。

どうしてこの人もリザ様と同じことを尋ねるのかしら。

相手の表情を観察しながら慎重《しんちょう》に答えた。

「……はい。その通りです」

「では、私があなたの夫に名乗りを上げても構わないわけですね？」

え？　この方既婚者じゃなかったの？　歳もかなり上だし、落ち着いた雰囲気からそう思っていた。

それに何よりこの人から今まで興味を向けられているという印象がなかったので、アニアはその言葉を額面通り受け取ることができなかった。

ジョルジュ様といい、どうして何の前振りもなくいきなり求婚していらっしゃるのかしら。

田舎《いなか》貴族には過分な話だから断るはずがないとか？

「ありがたいお話ですが、他にお話が来ていないというわけではありませんので……」

とりあえず約一名自分に結婚を申し込んできた人がいるので、それを牽制《けんせい》に利用させてもらうことにした。確実だとか思われるのも困る。

だって、この人がわたしに結婚を申し込むのは何だか変だわ。

パクレット子爵家といえば、アニアの家に好意を抱いているとは思えない家柄なのだ。

二十年前、先代国王ジョルジュ四世の崩御《ほうぎょ》に端《たん》を発した王位継承戦争があった。ジョルジュ四世には二人の王妃の間に四人の王子がいたが、そのうち二人はすでに亡くなっており、残されたのは第三王子のユベールと、腹違いの第四王子ルイ・シャルル。

すぐに第三王子の即位が決められたが、一部の貴族がユベール王子の即位に反対して内乱を起こした。

蜂起《ほうき》の舞台となったのが当時のパクレット子爵の城だった。隣国アルディィリアの王女の子であった第四王子を支持する彼らはアルディィリア派と呼ばれた。

その一方、当時のクシー伯爵エドゥアールは第三王子ユベール側についた。いわゆる反アルディィリア派の筆頭的な存在だった。

パクレット子爵の内乱にアルディィリアが同調して介入《かいにゅう》し、半年以上に渡った戦乱の結果、アルディリア軍を退けユベール王子側が勝利した。パクレット子爵家は一族ほとんどが最後まで抵抗して命を落とした。断絶するかと思われたところを、傍系の者が家督を継ぐことで許された。今の子爵はその息子だ。

いくら本人が関わっていなくても家名を見れば周囲は『あの』パクレット子爵と思ってしまう。だからこそ実力で評価される平民出の宰相の下で働くことを選んだらしい。

名前で苦労してきたはずの彼からすれば、今権勢を握る反アルディリア派の者たちも味方ではないだろう。

「あなたが警戒するのはわかります。ですが、私の父は二十年前の内乱とは無縁ですし、あなたの家にも遺恨はありません。それとも裏切り者の家とは関わりたくないとお考えでしょうか。それに、あなたはご両親が作った借金でご苦労なさっていると聞いています。幸い私の父は元商人でしたので、私も商才には長《た》けております。その点でもあなたをお支えすることができると思いますよ」

言い聞かせるように穏やかな口調でそう言われると、逃げ道を巧妙に塞《ふさ》がれたような気がした。

頭のいい人だわ。こちらが家名のわだかまりがあると思うことや借金を抱えているからと引け目になることすら計算している。

「他にもあなたの夫の座を狙っている者がいるというのは当然でしょう。ですが、私ほどふさわしい相手はいないと思いますよ。私はいずれ宰相になるつもりです。あなたのお祖父様が務めていたように、国王陛下をお側でお支えしたいのです。そのときに傍らにあなたがいてくださると、私の家に偏見《へんけん》を持っている人々も安堵《あんど》するでしょう」

子爵はそう言って自信満々に微笑む。

確かに、今宰相の補佐をしているのなら、その可能性は高いだろう。そして、それを自分で言い切るあたり、野心家という印象を受ける。

家名で勘ぐられることからクシー伯爵家の名前が欲しいという下心までさらっと口にされると逆に信頼できそうに思えるから不思議だ。

今までアニアに取り入ってこなかった点ではパクレット子爵への悪い印象はない。けれど、逆に言えばアニアに興味を持っていたようには見えなかった。

貴族の結婚は家同士のものだから、かならずしも恋愛を伴うわけではないのはアニアもわきまえている。恋愛も結婚も現実は自分の書く小説の中とは違うのも。

だけど、この人の言い方はどことなく商売みたい。商人が淡々と品物の説明をしているような感じ。ご自分でも言っているように商売がお得意なのかもしれない。

そんな印象から、アニアはこの人が本気なのかと疑ってしまう。

「ご立派なお覚悟ですわ。大変ありがたいお申し出だと思います。ただ……」

アニアが言いかけると、子爵はアニアの手をとって恭しく一礼した。

「答えを急ぐつもりはありません。正式な申し込みは後日させていただきます。今はあなたの胸の中に留めていただきたい」

「パクレット子爵様……」

「どうかユルバンとお呼びください。では、私はこれで」

そう言うとそのままあっさりと下がっていった。

ジョルジュがアニアに求婚したことで、焦って求婚してくる者がいるかもしれない。

もしかして、リザ様がおっしゃっていたのは、このことだろうか？

今まで近づいてきた殿方は単に口利きを狙っているのだろうとアニアは思っていた。

リザが彼らはアニアを口説いてきているのだと言っても、まさかと本気にしなかった。

アニアを狙っていた殿方たちがいて、今までは余裕ぶっていたけれど、傍系王族のメルキュール公爵がアニアに求婚しようとしていると知って動きだした……とか？　そうだとしたら他の人たちも……。

いやいやいや。そんなのありえない。そこまでうぬぼれてはいない。大勢の殿方から口説かれるなんて自分の役回りじゃない。

「そもそもあんな噂を信じ込んでうちみたいな貧乏伯爵家に本気で結婚を申し込んでくるなんてありえないわ。一体何を考えていらっしゃるのかしら」

貴族同士の結婚も多分に打算と政治的な意味合いを含んでいる。

アニアの祖父は先代国王に仕え、現国王の即位にも貢献《こうけん》した。けれど、その後であらぬ疑いをかけられて王宮を追われた。

今はその汚名も晴らされたとはいえ、三ヵ月前の謀叛騒動に両親が巻き込まれてしまったりと、アニアの立場は貴族の中では微妙なものだった。

「……まあ、なるようにしかならないわね」

縁談に恵まれるのはありがたいことだけれど、その理由があの噂だとしたらお断りするしかない。王太子殿下との繋《つな》がりを期待するのは向こうの勝手だとはいえ、あとで欺《だま》されたとか言われたくない。

パクレット子爵も口には出さなかったけれどあの噂を聞きつけて求婚してきたのかもしれない。

現実はやはり妄想していたものとは違うとアニアは大きく息を吐いた。

いくら耳障《みみざわ》りのいい言葉を並べられても相手が高い身分であったとしても、物語の中のように胸が高鳴ったり心が湧き立ったりは全くしない。

それに恋愛と結婚は違う。どんなにときめかない殿方相手でも、クシー家当主として家のためになる相手なら話を受けるべきなのだ。

ただ、少なくとも今近づいてきている方々は注意が必要だわ。王太子殿下に対する下心を持っているなら、将来的にご迷惑をかけてしまうことになるもの。お断りする心づもりでいた方がいいのかもしれない。

だけど大勢の殿方に声をかけられる機会なんてそうそうないのだし、今回の件は小説のネタに使ってもいいわよね。お仕事の邪魔を散々してくださったのですもの、題材にするくらいはさせていただかなくっちゃ。

転んでもタダでは起きないくらいの気持ちでいよう。アニアはそう決意すると廊下を歩き出した。

2

「王女殿下。ご熱心でいらっしゃいますね。そろそろ全部読み尽くしてしまうのではありませんか？」

リザが文書庫を訪れて帳簿を閲覧《えつらん》していると、宰相《さいしょう》のポワレがひょっこりと丸い顔を覗かせた。歳格好はリザの父よりも年上なのだが、どことなくふわふわした印象で摑み所のない男だ。

ここ最近書庫と文書庫を行き来していることが多いリザはポワレと顔を合わせることが増えた。アニアの祖父の元宰相が穴熊なら、この男は酒樽腹《さかだるばら》の牛だろうか。

普通なら内政府に関わりのないリザが勝手に文書や帳簿を見ていれば、何か間違いを指摘されたらと身構えたりするものだろうに、この男はいつも通りの穏やかさだ。

「そうでもないぞ。何しろここの文書は日々増えているのだからな。読むものが増え続けるなど、宝の山ではないか」

「なるほど。さっさと仕事を進めないとそのうち王女殿下に催促《さいそく》されてしまいますね。私の部下が皆殿下のように優秀だとありがたいのですが。ところで、何か面白《おもしろ》い発見はございましたか？」

ポワレはのほほんと笑いながらも手を休めてはいない。いくつも並んだ棚の中から必要な文書を素早く確認してはすぐに次の作業にとりかかる。流れるように迷いがない。

リザはそれを見て目を細めた。仕事のできる人物は嫌いではない。

「どうやら雑な者がいるようでな。帳簿の順番が乱れていた」

リザ自身は閲覧したものは順番をそろえて返しているのだが、今日来てみたら何ヵ所かごちゃごちゃに乱されていた。他の者が閲覧するときに困るから整理整頓《せいとん》は徹底《てってい》しているはずなのに。書物好きとしてもこの乱れは認める訳にはいかない。

ポワレはリザの指さした棚《たな》を見て、少し考え込むように口元に手をやったが、すぐにいつもの表情に戻っていた。

「それはそれは。お手をわずらわせてしまい申し訳ございません。担当の者に申し伝えておきます」

ポワレはそう言い残して部屋を出て行った。

それを見届けてから、リザは手にした帳簿の日付を見て眉《まゆ》を寄せた。これは先日見たものだ。どうやら順番が乱れていたから間違って手に取ったらしい。

だが、一体誰が一年前の帳簿などをかき回したりするのか。ここに入れる者は少ないし、出入りの記録を取ってあるからごまかしはきかない。

そう考えるとどうも怪しく感じられる。

リザは基本的に一度見た帳簿は見直さない。だが、このときは気まぐれでそのページを何気なく開いた。

「……違う」

しばらく数字を目で追ってから、先日閲覧した時と記載事項が違っていることに気づいた。

自分が見た帳簿ではない。

誰かがすり替えている？　過去の帳簿を？

念のために計算をやり直してみるうちに、その疑念はますます大きくなった。

計算が合わない。記載事項が変わっているからにはそれぞれの科目の帳簿にもその記載があるはずなのに内容がない。つまり、実際の数字と矛盾《むじゅん》ができる。

かなりの金額が使途不明のまま消えているかのように。

誰かが帳簿をすり替えて国費を着服している、と考えた方がいいのだろうか。

けれど、この帳簿を扱《あつか》う人間は限られているし、彼らはリザがたびたびここに出入りしていることを知っている。それなのに帳簿をすり替えたりするだろうか。まして、計算すれば矛盾が明らかになるものに。普通は逆だ。

よほどリザを甘く見ているのか、それとももう見終わったから大丈夫だと帳簿を元に戻したのか。その疑問にリザは気持ちが昂《たか》ぶった。

「面白いではないか。久しぶりに本気を出してやろうぞ」

リザは帳簿の棚に目を向けた。記憶力には自信がある。矛盾した帳簿をあぶり出すのなど造作もない。


「王女殿下。お迎えの女官がいらしてますよ」

文書庫の警備係が呼びかけてきた。リザはそれでやっと我に返った。

帳簿の矛盾に気づいてからずっと、夢中で帳簿を見直していてすっかり忘れていた。

今日はジョルジュも交えて晩餐《ばんさん》をとることになっていた。そろそろ身支度《みじたく》をしないと間に合わない。

慌てて文書庫を出るとアニアが待ち構えていた。いつもの明るい笑顔を向けてくる。

「やはり今日もこちらだったのですね。晩餐に遅れるからと女官長様がお待ちです」

「そうだったな。うっかりしていた」

アニアが叱《しか》られない程度に急ぎましょう、と促《うなが》してくる。リザも足を速めながらふと問いかけた。

「そういえば、アニア。こんどは結婚の申し込みが殺到《さっとう》していると聞いたが」

アニアは不意に足を止めた。

「……一体誰がそんなことをリザ様のお耳に入れたのですか」

「ティムが心配していた」

リザはそう言いながら、アニアの反応を見ていた。

「実は先日から正式なお申し込みが一度に来て困っています。確かにそろそろ決めた方がいいのはわかっているのですが……少々戸惑《とまど》っていて」

アニアは少し沈《しず》んだ表情で答えた。

ジョルジュがアニアに求婚した直後から、アニアに対して正式な縁談を持ち込む者が増えているらしい。今朝《けさ》挨拶《あいさつ》に訪ねてきたとき、彼女の従兄《いとこ》のティム、マルク伯爵ティモティ・ド・バルトはそれを憂《うれ》えていた。

ティムはアニアの実の兄よりも彼女の理解者でとにかく過保護気味のようだ。リザの兄リシャールの有能な側近であることからも、この事態が普通ではないことに気づいている。

あのくだらない噂《うわさ》話《ばなし》がアニアを予想外な立場に追いやってしまっていて、そしてそれをさらに悪い方向に誘導した人物がいることも。

そもそも以前からアニアにいろいろとアピールしていた者はいたらしいが、アニアはただの自慢話だと思っていて、彼女の気を引くことには失敗していた。だから今度は正攻法で来たのだろう。

……たった数日でそうなるとは。

ジョルジュが直接動いたことで彼らを刺激したのだろうか。メルキュール公爵までも彼女に関心を持っているのなら、先手を打たねばと焦《あせ》ったのかもしれない。

おそらく求婚したこともあちこちに言いふらしたに違いない。全くあの御仁《ごじん》は騒動を煽《あお》るのがお上手《じょうず》だ。

リザは主《おも》だった求婚者たちの名前もティムから聞いていた。

アニアはおそらく彼らの意図がわかっていないだろう。彼女の自分への評価はかなり控《ひか》えめで、自分が重要視されているとは思っていなかったはずだ。

リシャールの結婚が遅れていることから、周囲には世継ぎ誕生もまた遅れるという焦りがある。念のために寵姫《ちょうき》を選ぶべきだという話は元々あった。

寵姫に公式の場を任せることで妃《きさき》への負担を減らし世継ぎ作りに専念させることができるからだ。過去にそうした例もあったらしい。

そして、リシャールに気に入られているという噂が流れていたのもあって、選ばれるとしたら可能性が最も高いのはアニアではないか、と彼らは考えたのだ。

寵姫は既婚であっても構わない。ならば今のうちにアニアの夫に収まって、寵姫の夫という立場を手に入れれば、次の国王との強い関わりを持つことができる。

過去には実際権勢を手に入れるために国王に自分の妻を売り込んで、望んで寝取られ男になった者もいた。

……まったく。アニアのことを誰も考えていないではないか。

実は王家もアニアの嫁《とつ》ぎ先《さき》については注視している。

彼女は元宰相の記憶を垣間見《かいまみ》ることができる。王家にとって外に出せないようなことも知り得る立場なのだ。そのため彼女を下手《へた》な相手と結婚させて、利用されることは避けたいと考えている。

だからリザはそれならアニアがリシャールにとって大事な存在になってくれればいい、とは思っていた。そうして何らかの形でずっと王宮にいてくれればと。

リザとしては真面目《まじめ》すぎるリシャールに、自分の感情に素直になって欲しいという気持ちがあった。手を抜くことを知らない不器用な兄には心のよりどころが必要だろう。

先代国王は宰相であったアニアの祖父を友人としても臣下《しんか》としても誰よりも信用していた。破天荒《はてんこう》で女癖《おんなぐせ》が悪かった国王を支えてきた優秀な宰相のように、いずれ来るリシャールの治世《ちせい》を側で支える存在の一人になってくれればいい。

その時リシャールがアニアにどのような地位を与えるのか。それは二人が選ぶことだ。いっそ妃になってくれても構わないと思うのだが、先のことはわからない。

今は彼らが自然に親密になってくれればいいと考えている。だからこそこの状況は面白くない。邪魔をしないでほしい。

アニアはリザにとって大事な友人だ。誰かに利用されるなど許せない。

「……兄上以外で一番熱心なのはパクレット子爵だそうだな」

「そこまでご存じなのですか」

パクレット子爵家は二十年前に本家の血筋が絶え、傍系《ぼうけい》の者が家を継いだ。今の子爵はその息子。北部一の豪商だったという父親に似て、商才に長けており頭も切れる。今の宰相がその頭脳に目をつけて、周囲の反対を押し切って宰相補佐に抜擢《ばってき》した。

いくら代替わりしても戦争の口火を切ってしまったパクレット子爵家の汚名《おめい》が消えるわけではない。だからあの男はそれを見返すために実力で出世を狙《ねら》っているのかと思っていた。

どうやらあの男も小細工を弄《ろう》してでも出世がしたいらしい。

「優秀な方なので、生半可《なまはんか》な理由では断れないので困っています。その点ではジョルジュ様も同じなのですが」

「断るつもりなのか。参考までに気に入らぬ理由を教えてくれぬか？」

アニアの小説の主人公は美男子で頭脳明晰《めいせき》、その上剣術も強くて好きになった女性に一途な男だ。だから彼女はそういう男性を好ましいと思うのだろうとリザは思っていた。

二人とも見目は悪くないし頭もいい。地位も申し分ない。資産もある。ただどちらも女性問題については一途とはほど遠い。それがアニアからすると物足りなかったのか。

アニアは慌てた様子で首を横に振る。

「いいえ。気に入らないということではないのです。一番の理由はお二人とも領地が遠すぎることです。わたしが家を継ぐ前ならお受けしたでしょうけれど、今は領地を任されている身ですから、できるだけ領地の管理に支障《ししょう》の出ないお相手を選びたいと思っただけです」

リザは納得した。パクレット子爵家の領地は北部の果て、ジョルジュのメルキュール公爵家は東部の国境近く。アニアの所領は西部。結婚して夫について回ることが増えれば領地を遠く離れることになって管理が難しくなる。

アニアとしては婿《むこ》に来てくれる相手を望んでいるのかもしれない。もしくは結婚後も領主の仕事を続けやすい相手か。

思ったよりも彼女は領主としての自覚を持っているらしい。突然家督《かとく》を継がされれば戸惑うのが普通なのに、落ち着いて仕事をこなしているように見える。

こういう言動を見ると、アニアの中に祖父エドゥアールが入っている、とリザの父が主張しているのもわかる気がする。彼女は所々年相応ではない一面を持っている。

リザは大きく頷いた。

「なるほど。確かに仕事に支障が出ては困るな。いい心がけだ」

ジョルジュもパクレット子爵も自分には自信を持っていて、女性にも相応にモテる方だ。アニアのような世慣れていない小娘など簡単に口説《くど》けると思っていたのかもしれない。

これはなかなかに難攻不落だな。心配は要らないのかもしれない。

彼女は現実にはいないような完璧《かんぺき》な美男子の活躍《かつやく》する恋愛小説を書いていても、現実との区別はつけられるのだろう。

「焦って嫁ぐ必要もないぞ。まだまだ家のことで大変なのだろうから、ゆっくり考えればいい。無理強いするようならたとえ誰であっても私が容赦《ようしゃ》しない」

相手がジョルジュだろうと手加減はしない。リザはそう思っていた。

「そう言っていただけると安心します。ありがとうございます」

アニアは嬉しそうに微笑《ほほえ》んだ。


リザが一番嫌いな時間は朝の身支度だ。ずらりと並んだ侍女《じじょ》や女官たちが顔を洗う手桶《ておけ》や拭《ぬぐ》うための布、そして下着やドレスを次々に差し出してくる。

……どうしてこうも面倒くさい服を毎日着なくてはならぬのだろうな。

貴婦人は人前に出るときは正しい身なりを心がけなくてはならないなど、決めた奴《ヤツ》を捕まえて問いただしたい気持ちになる。

それに、アニアがいないと静かすぎて作業としか思えなくなってくるな。

身支度で退屈している間も彼女は何かと声をかけてくれるので気が紛《まぎ》れるけれど、普段は一言もしゃべらない女官たちばかりなのだ。

そこへジョルジュが訪ねてきたと女官が告げてきた。

もうすっかり身支度は終わっていたので構わないだろうとリザが頷く前に、すたすたとジョルジュが入ってきた。

「本日も王女殿下におかれましてはご機嫌麗《うるわ》しゅう……」

「少々お待ちいただけますか」

また長ったらしい口上を聞かされたくなかったリザは、傍《かたわ》らにいた女官に人払いを命じる。ドレスの裾《すそ》などを直していた侍女たちがさっと下がっていく。

それを見てジョルジュは不思議そうな顔をした。

「あれえ？　アナスタジア嬢は？　今日もいないの？」

アニアはリザが前日持ち出した本を書庫に戻しに行っていた。しばらく戻っては来ないだろう。だからリザはこの際だから兄の真意を問いただしたいと思った。

「所用で席を外しています。兄上は本気でアニアに求婚しているのですか？　あれだけあちこちの女性を口説いていらしたのに」

アニアに毎日会いに来ると言っていたけれど、本当に毎朝リザの元を訪れてくる。しかも女官がリザの支度をするために全員そろっているこの時間を狙ってくる。

それがわかっていたのでリザはアニアが顔を合わさないで済むように用事を言いつけるようにしていた。

ジョルジュは女性関係は問題があるが、女性に対しては几帳面《きちょうめん》なのは間違いない。

ただ、この人には見かけの軽佻浮薄《けいちょうふはく》な印象とは別の顔があることをリザは知っていた。

「僕はいつでもどの女性にも本気だよ？　だけどどの女性もうちの居城に招待すると逃げちゃうんだよねえ。そんなに蜘蛛《くも》が怖いのかなあ」

メルキュール公爵家の紋《もん》にも蜘蛛があしらわれているとおり、かの家の印象には蜘蛛がつきまとう。だから女性たちはこの人に本気で来られると本能的に恐怖を感じるのではないだろうか。まあ、実際蜘蛛がいるのも事実だが。

「兄上、真面目に答えていただけますか」

ジョルジュの表情が不意に変わった。昏《くら》い空気を纏《まと》ったように金褐色《きんかっしょく》の瞳がすっと光を消す。

不敵で底の見えないこの人の本当の顔をリザは知っていた。

「ラウルスとの縁談は陛下もリシャールも断る気満々みたいなんだよね。実際我が国にはあまり利益がないし。そうなると大公は僕と公女殿下の結婚を求めてくるんじゃないかと思って。あの国は我が国との関係強化を望んでいるからねー。でも、僕はお堅《かた》いラウルス女性とは結婚したくないし。だから今のうちに婚約者を決めておきたいんだよ」

「彼女は私の大事な友人です。そんな事情に巻き込まないでいただけますか」

ラウルス大公が自分に縁談を押しつけてくるかもしれないから？

「なるほど。友人ね。けどね、彼女はリザが嫁ぐまでの女官だろう？　伯爵家の当主という立場の者が嫁ぎ先までリザに仕《つか》えることはできない。それまでの関係だよ？」

「この先がないからと言って友人になれないという理由にはなりませんが？　兄上にはわから

ないでしょう。お友達なんていないでしょうし」

リザは怒りを込めて答えた。

ずっと一緒にいられるわけではない。そんなことはわかっている。それでも自分はアニアとの友誼《ゆうぎ》を続けたいと望んでいる。

リザの嫁ぎ先は外国の王族になるだろう。そして、異国に嫁ぐとき彼女を連れて行くことはできない。彼女は伯爵家の当主で領地と領民を守らなくてはならないのだ。

それでも彼女との交流がそこで終わりになるとは思わない。

リザのことを皆は本ばかり読んでいる変わり者だと言った。理解できない者から何を言われても構わないとは思っていたが、そう考えていた間リザは間違いなく孤独だったのだ。

アニアは他の人とは違う。彼女は変わり者であることを受け入れてくれて、さらに自分が書いている物語を読ませてくれた。リザの知らない世界を教えてくれたのだ。

「ふうん。どうしてみんなそこまで彼女を気に入ってるのかな?」

「どういう意味ですか」

「だってさ、あのリシャールが身内以外を自分からダンスに誘うなんて前代未聞《ぜんだいみもん》だよ? それに国王陛下も彼女を気に入っているようだし。僕がいない間に一体何があったんだって思うだろ?」

すねたような口調に聞こえるが、目は笑っていない。

おそらくはアニアが気に入られた理由が元宰相に似ているという感傷だけではないことを気づいているのではないだろうか。

「ならばきちんと会話をなされればいいでしょう？　初対面から積極的に迫《せま》られてはアニアも困惑しますし」

「まあ、そうだけどね。……ところでさ。彼女が書いたんでしょ？　『貴公子エルウッドの運命』って小説。なかなか面白かった」

「え？」

リザは驚いた。それをジョルジュが知っているとは思わなかった。

「リシャールの部屋に隠してあったんだよ。あいつは昔からものを隠す場所が変わらないからな。ちょいと拝借《はいしゃく》したんだ。きわどい官能小説かと思えば一途な恋愛ものだったから驚いた。カマをかけたらあっさり白状したよ。アナスタジアが書いたものだと。あの内容はちょっと興味深かった。彼女の年齢で書けるとは思えない知識だ」

ジョルジュはにやりと笑う。

やはりこの人は油断ならない。

彼女が書いている恋愛小説のことはリシャールとティムくらいしか知らないはずだ。

特にリシャールは彼女が王宮に上がる前からあの小説をこっそり読んでいる熱烈な読者なのだが、アニアはまだそのことを知らない。

ジョルジュはアニアの書いた小説に違和感を感じたらしい。

彼女の書いた小説は彼女の祖父の記憶が混じっているらしく、架空の世界として出てくる王宮は先代国王の頃を参考にしているし、描かれる題材もほとんど当時の出来事を下敷きにしていた。

ただ、彼女が生まれる前に祖父は亡くなっているし、ずっと地方の領地で育った彼女がそれを知るはずもない。

「おそらく彼女は祖父の日記でも目にしたんじゃないかな。けれど、国家の中枢《ちゅうすう》にいた人物の詳細《しょうさい》な日記なんて重要機密じゃないか。それを知る彼女もまた放置できない……そういうことじゃないのかい？」

リザは安堵したが顔には出さなかった。

日記。まあ普通に考えればそう結論づけるだろう。異国から帰ったばかりでここまで調べる能力はすごいとは思うが、彼女の真価はそこではない。

アニアは王宮内の隠し部屋のありかを知っていた。そして、二十年前に王位争いに負けて隣国に亡命した王子の顔も知っていた。何一つ記録に残っていない先代国王の遺品の行方《ゆくえ》までも。

優秀な宰相だったアニアの祖父がそんな重要機密を日記に書きのこしたりするわけがない。

それに何より、彼女はそんなものを持ち歩いているわけでもない。

だが、そのことをジョルジュは知らない。というより普通はそんなことを考えもしないだろう。わずか十六歳のアニアが二十年前に亡くなった祖父の記憶を持っている、などと。

「なかなか面白いじゃないか。それで彼女に運命を感じたんだよね」

「だったら兄上の運命の相手は彼女の祖父ではないのですか」

アニア自身に興味があるならまだしも、祖父の日記に興味がある？　そんな理由で求婚するなんて。

貴族の結婚は打算的だが、それでもこんな理由で納得できるわけがない。

「やだなあ、死んだ人を口説く趣味はないよ。それに、僕は彼女を本気で妻にするつもりだし、彼女が了承してくれればすぐにでも結婚していい。どうせ貴族の結婚なんて形だけのものだし、彼女も女伯爵としての仕事があるのだから別居しても構わないし、多少の火遊びくらい容認してくれれば大事にするよ？　それで何の問題があるんだい？　悪い話じゃないと思うけど？」

ジョルジュはそう言って満足げに笑う。

アニアの思惑《おもわく》も見越して逃げ道を塞《ふさ》ぐつもり満々だ。うかつな理由で公爵家からの申し込みを断ることは彼女の立場を危うくすることも計算に入れている。

リザの不満を見て取ってかジョルジュは真《ま》っ直《す》ぐにリザを見つめてきた。

「現実を見るんだよ。エリザベト王女殿下。彼女は一貴族、臣下にすぎない。君はもっと賢い女性だと思っていたんだけど？」

……賢い従順な女性なら、最初から反対などしない。

リザは苛立《いらだ》ちを押し殺して、拳《こぶし》に力を込めた。昔からこの兄の言っていることはある意味正しい。正しいけれどそれが最善ではない。

確かに貴族の結婚の多くが建前だけの政略結婚だ。

それでもアニアにはせめて誠実な相手と結婚してほしいと思う。ジョルジュとの打算だけの結婚など認めたくない。できることなら、自分がこの国にいる間に。

「私が賢いだなど、買いかぶりです。ずいぶんと兄上の目も曇《くも》ったようですね」

まだ、何か打つ手があるだろうか。

そう思っていたリザに、部屋を出て行きかけたジョルジュが振り返った。

「そういえば、宰相の件は聞いたかい？　リザが陛下にご報告したそうだけど」

「宰相？」

ジョルジュは普段通りの軽薄そうな笑みを浮かべる。

「どうやら一騒動ありそうだよ。退屈しないで済みそうだ」

詳細を聞いてリザは予想外の事態に驚いた。

……やはりこの人が帰国してきたらろくでもない出来事が起きる。

そしてそのろくでもない出来事の側で楽しげに笑っているのだ、この人は。

＊　＊　＊

クシー伯爵邸は王宮にほど近い場所にある。規模としてはさほど大きくはないけれど、元宰相であった祖父の代に建てられたとアニアは聞いていた。

父の代に派手な調度品で飾り立てられて狭苦《せまくる》しい上に悪趣味な様相になっていたが、アニアが調度品をすべて売り払って借金返済に充《あ》てたので、今はすっきりして殺風景《さっぷうけい》なくらい広々としていた。

「イーヴ、何かあったの？」

仕事中に突然家からの使いが来て、火急《かきゅう》の用件だと伝えてきた。また何か両親たちがもめ事を起こしたのかと急いで戻ってきた。

アニアが到着すると出迎えに来た若い家令が一礼してから慌ただしく告げてきた。

「アナスタジア様。お呼びたてして申し訳ございません。お客様がおいでです。お帰りになるまでお待ちするからと」

「お客様？」

「ポワレ夫人と名乗っていらっしゃいました。宰相閣下の奥方様でいらっしゃるとか」

アニアは宰相のポワレとは面識があるが、夫人の方とは全く関わりがない。

それなのにどうしてアニアを訪ねてきたのだろう。理由がわからない。

イーヴは本宅の家令になってまだ日が浅い。事情を知らなくても、さすがに宰相夫人をないがしろにできないと判断して慌ててアニアを呼び戻したのだろう。

古い使用人なら何か知っているだろうかと思ったが、確認するよりも待たせているのなら本人に聞いた方が早いだろう。

「わかりました。すぐにわたしの部屋にお通しして。失礼のないようにね」

アニアはそう答えた。

家令の案内で入ってきた女性は年の頃は三十代半《なか》ばに見えた。

飾りのない地味なドレスに身を包んで、淡い褐色の髪をきっちりと結ってまとめている。全体的に堅実で質素で、いかにも賢夫人という雰囲気《ふんいき》に思えた。

彼女はアニアを見て驚いたように一瞬目を瞠《みは》った。歩み寄ろうとしたアニアも彼女を見て驚きで足が止まった。

「ディアーヌ・ポワレと申します。……アナスタジア様。使者も立てず突然押しかけてきたご無礼をどうかお許しくださいませ」

口元を引き結んでいくらか緊張している様子で彼女は一礼した。身のこなしからしてもきちんと作法を身につけた育ちの良さが窺《うかが》える。

けれどなによりアニアが驚いたのは、彼女の容姿だった。

美しい白い肌としっかりした意志を感じさせる瞳。その色は王宮に仕《つか》え始《はじ》めてからほぼ毎日のように目にしている金褐色《きんかっしょく》。そして、その顔立ちにも見覚えがある。

……この人、先代の国王陛下に似ていらっしゃるんだわ。

髪の色をのぞけば、祖父の記憶を通して見た先代国王ジョルジュ四世にそっくりだ。

メルキュール公爵も似ているとは思ったけれど、この人の方がよりはっきりと面差《おもざ》しがある。

ただ、先代国王には王女はいなかった。寵姫との間にも男子しか生まれていない。

もっとも、ジョルジュ四世は女性関係が派手だったから、未公認の庶子《しょし》がいてもおかしくないという噂があった。そう思うとこの人の出自が気になるけれど。

今はそれどころではなさそうだと、アニアは考えを打ち切った。

それに彼女の名前を聞いて、アニアは思い出した。この家に関わりのある人の中にその名を持つ人がいたことを。

「ディアーヌ様……？　もしかして……ディアーヌ叔母様《おばさま》？」

「あら、私のことをお聞きになっていらしたのですか？」

「詳《くわ》しくは存じません。祖父の蔵書で名前をお見かけしましたので」

アニアは幼い頃祖父の書斎や書庫に入り浸《びた》っていた。そこにディアーヌと名前が書かれた本をみつけて、古参の使用人たちに尋《たず》ねたことがあったのだ。

叔母ということになっているが、血は繋《つな》がっていない。ディアーヌはアニアの祖父の養女だ。恩義のあった人物の娘で、身よりが亡くなったから引き取ったという。

けれど祖母と父は彼女を遺産目当ての邪魔者だと疎《うと》んじたらしい。

祖父が亡くなったあとは父が一方的に縁を切ってしまったので、関わりがほとんどなくなったと古参の使用人たちから聞いていた。アニアが生まれるより前の話だ。

だからアニアはディアーヌの顔も消息も知らなかった。

ポワレ宰相の奥方だなんて。宰相からも聞かされていなかった。

おそらく宰相が何も言わなかったのは、アニアの父が彼女を疎んじていたから、その娘のアニアも彼女にいい感情を持っていないと思ってのことかもしれない。

アニアは椅子を勧めて相手の話をきちんと聞くことにした。理由もなくそうしなくてはならない、と感じた。

「実は、主人からあなたが王女殿下にお仕えしていると聞かされていました。大変利発でエドゥアール様とよく似ていると。いつかぜひお会いしたいと思っていました。……本当に些細《ささい》なご縁しかないというのに、図々《ずうずう》しくお邪魔しにきて大変心苦しく思っております」

アニアは曖昧《あいまい》に頷いた。

彼女を疎んじていた祖母はすでに亡くなっているし、今のこの家の当主は彼女とはまったく面識のないアニアだ。なのに深刻な事情を抱《かか》えた様子で訪ねてきたのは何故《なぜ》なのか。

ディアーヌは深く頭を下げた。膝の上で手にしたハンカチがきつく握《にぎ》りしめられている。

「……お恥ずかしいことですが、私には頼る方が他にいないのです。どうか主人の潔白を証明してくださいませ」

「ポワレ宰相の？」

アニアは王女付きの女官なので、宰相と顔を合わせることはさほど多くない。

何かあったのだろうか。内政府の事情にはあまり詳しくないアニアは戸惑った。

「主人が背任の罪《つみ》で告発されたのです。今は王宮で監視されている状態で当分戻れないとの連絡がありました。公金を横領し、そのお金で反国家勢力の者たちを支援している疑いだそうです。主人はそのようなことをする人ではありません。なのに、主人を弁護してくださる方が誰一人いらっしゃらなくて、悪《あ》し様《ざま》に言って罷免《ひめん》するべきだと主張する方々ばかりなのだそうです。このままでは主人までエドゥアール様のように王宮を追われてしまいます」

ディアーヌは言葉を詰まらせた。

「反国家だなんて……穏やかではありませんわ。一体どういうことですの？」

「アルディリアに亡命した王弟殿下の帰国を願っている者たちだとか」

公金横領？　アルディリア派の支援？　確かに二十年前隣国に亡命した王弟を支持している貴族はまだいるらしい。ただ、すでに大半は現国王ユベール二世に従っていて、あからさまな叛意《はんい》を持つ者は少数になっているはずだ。

その上、今の王家を害してでも王弟の即位を狙っているような過激な一派は、三ヵ月前のランド伯爵事件でかなりの数が捕らえられた。今もリシャールが陣頭《じんとう》に立ってあの事件に加担していたと疑われる者を捜査している。

「宰相閣下はそんな悪巧《わるだく》みをなさる方には見えませんわ」

アニアの知る限りポワレ宰相は、仕事ぶりはそつがないし、反感を買わないためにかいつも柔《やわ》らかに周囲と接している穏やかな人物だ。王の信任も厚い。

問題があるとしたら全体的に丸くて腹回りが多少酒樽に似ていることかしら。あれはこんな夫思いの美人の奥方がいるからこその幸せ太りだったのね。

確かにあの宰相が横領だのアルディリア派の支援だのというのは違和感がある。

ただ、平民上がりだから、何かと嫌がらせや不当な非難を受けているとは聞いていた。だから疑われても後ろ盾《だて》になってくれる貴族がいないのかもしれない。

「身勝手とは重々承知しております。政治のなんたるかもわからぬ素人《しろうと》の私に口出しして良いことではないかもしれません。それでも、主人を助けたいのです。どうかあなた様のお力をお借りできませんでしょうか」

苦しそうな表情でそう言われて、アニアは返答に迷った。

優秀な宰相がいわれのない罪で罷免されるなんてあってはならない。けれど、王宮仕えを始めたばかりの自分に何ができるだろうか。

「正直なところ、わたしはまだ家を継いだばかりで政治的な地位もないので、どれだけお力になれるかわかりません。それでもよろしいのですか？」

「ご謙遜《けんそん》を。先日のランド伯爵の悪巧みを告発したのはあなた様だとお聞きしました。それに国王陛下や王女殿下からも信頼されているとか。主人が、まるでエドゥアール様のようだと申しておりました」

多分、ポワレ宰相は彼女にわたしのことを話していたんだわ。それでもわたしの父が彼女を追い出したことを考えると、この家に来るのは大変な決意だったはず。

その窮状《きゅうじょう》を察するとさすがに無下《むげ》にはできない。

「わかりました。まずは事情を調べてみますわ。ただの間違いであるならばすぐに謹慎《きんしん》は解かれるはずですもの」

そう答えるとディアーヌは泣くのを堪えているような表情になった。

「ああ、本当にエドゥアール様にそっくりでいらっしゃるわ。突然厚かましいお願いをしてしまったのに……なんてご親切な」

「厚かましいなんて。ご主人のために動いていらっしゃるのでしょう？　ご立派だと思います」

ディアーヌは何度も感謝の言葉を口にして帰って行った。

アニアはまだ当主としても王宮での仕事も新米だ。とても頼りになるとは思えない小娘に頭を下げるディアーヌを見ると、胸が痛くなった。

そうまでして夫を助けたいと思うのはなかなかできることではない。

アニアの祖父エドゥアールもあらぬ疑いをかけられて王宮を追われ、その直後に病で急逝《きゅうせい》した。そのことがディアーヌの頭にあるのかもしれない。

元々引き取られたいきさつはどうであれ、彼女は祖父が養女として育てたのだから自分にとって身内だ。祖父が生きていたらきっと助けようとしただろう。

そもそも、どうして宰相が疑われることになったのか。まずはそこから調べなくては。

普段から公文書や帳簿を読み物にしているリザならばこの件について何か知っているかもしれない。


「……ポワレの奥方と親戚《しんせき》であったのか。それは知らなかった」

翌日アニアが王宮に戻って王女の部屋を訪ねると、借りていたアニアの小説を返しに来たというティムと鉢合《はちあ》わせた。

昨夜の出来事をリザとティムに説明すると、二人とも驚いた顔をした。

「ティムも知らなかったの?」

「僕も彼女のことは名前くらいしか。むしろアニアが知っていたことの方がびっくりだよ」

「私も妻帯者であるとは聞いていたが、ポワレは奥方を王宮に連れてきたことがないからな」

それはもしかしたら彼女の顔立ちを知られたくなかったからではないかしら。

ディアーヌが先代国王に似ていることは今は口にしないほうがいいだろう。このことで事態をややこしくするのは避けた方がいいとアニアは考えた。

今は宰相に向けられた疑いを晴らす方が先だ。

「元々夜会やらサロンにも顔を出さない男だからな。あの遠慮《えんりょ》気味な態度が誤解を招くのだ。親しい貴族でもいれば多少は違っただろうに」

「誤解……では、宰相のお立場が悪いというのは本当なのですね」

リザはばつが悪そうに表情を曇らせた。

「実はな……その原因を作ったのは私なのだ。帳簿のすり替えが行われていると気づいて兄上と父上にご報告申し上げた」

「……リザ様が？」

リザは普段から帳簿や文書までも読み物にしている。古い帳簿に飽《あ》き足《た》らず文書庫にまで出向いてあれこれ目を通しているのも王宮内で知られている。

そうしているうちに、帳簿が頻繁《ひんぱん》にすり替えられていることに気づいた。

しかもすり替えた帳簿によって収支に矛盾が出るとわかった。

「つじつまが合わないので、すべて精査したら国庫の横領が疑われる内容だと。それで内密に調査が進められたらしいのだが、ポワレしか疑わしい者がいない状況らしくてな。それで今、ポワレは職務停止状態にある。職場にいるがずっと監視されている」

確かに文書庫の責任者は宰相だし、出入りする機会も多いはず。けれど、それだけで疑われるだろうか。

「宰相閣下が疑われるだけの理由があったのですか？」

リザは腕組みをして首を傾《かし》げた。どうやらリザもこの嫌疑に疑問を持っているらしい。

「ああ、その金が例の謀叛《むほん》騒ぎを起こしたアルディリア派の懐《ふところ》に入っていたらしいという話になってな。何者かが奴らに資金を与えているというのが判明している。一方でポワレがしばしば金をどこかに送金していて、それが帳簿の細工と日付が一致《いっち》していた。しかも間に人を介して送り主がわからないようにしていた。あやつはその送金相手については口を割ろうとしないらしい」

アニアはそれを聞いて奇妙に思った。

リザが文書庫にしばしば出入りするようになったのは、先日の謀叛騒ぎよりも後のことだ。彼女は監査官並みに間違いを指摘するくらいなので、その時点で矛盾があれば気がつく。だから、リザが見た時は元々帳簿におかしな点はなかったはずだ。

すり替えが行われたのはごく最近ということになる。

……どうしてつじつまが合った帳簿から合わない帳簿にすり替える必要があるの？

二重に帳簿を作って横領をしたとしても、今までの監査でもわからないように帳簿を作ってあったのなら、そのままにしておけば発覚を遅らせることができるのに。

まるでその細工を見せびらかしたいとしか思えない。

「……送金が行われていた時期はわかるのですか？」

「三ヵ月前までだ」

ますますおかしい。

謀叛騒ぎが失敗に終わって王弟を支持していた一派は立場が危うくなっている。

宰相が本当に彼らに資金を送っていたのなら、関わっていた証拠を隠そうとするはずだ。毎日のように文書庫に出入りしているのだからいつでもできる。

なのに、三ヵ月も放置していたどころか、今になって帳簿をすり替える理由がない。ましてや、たとえ帳簿でも熱心に読むリザが文書庫に出入りしていたのだから発覚する危険が高い。

誰が何のためにそんな訳のわからないことをするの？

アニアが考え込んでいると、リザがにやりと笑った。

「まあ、この件でポワレが犯人ならば、あやつを宰相にした父上の目を疑うだろう」

逆に言えば宰相がやったことにしては馬鹿馬鹿しい、ということだ。けれどいたずらにしては手が込んでいるし、文書庫に出入りできる人間は限られている。

横領云々を抜いても、監督責任があると言われれば宰相の立場は弱い。

「だが、奴を弁護する者がいないし、まだ調査中《こうてつ》なのでな。すぐに正式な処分が出ることはない。それなのに貴族どもはこの際宰相を更迭しろと騒いでいて収拾がつかないのだ。だから調査が終わるまでは宰相は職務停止して王宮内で監視されることになった」

つまり宰相の無罪が確定しなければ職務に戻れないし、完全に無罪だと立証することができないと貴族たちを黙らせることもできない。

……もしかして、有罪だと確定させる証拠もまだ見つかっていない、とか？

アニアはティムに目を向けて問いかけた。

「……調査をなさっているのは王太子殿下？」

「その通り。殿下は以前から国王陛下のご命令で先日の謀叛騒ぎの残党を調べていたから、この件も受け持っていらっしゃるよ。元々宰相を追い落としたい人が多くて、わざわざ過去のアラまで報告してきたりしてね。関係ない情報が多すぎると怒っていらした」

ティムは苦笑いを浮かべていた。

「ということは、今調査がどうなっているかは王太子殿下でないとご存じないのね……」

できれば調査の現状だけでもディアーヌ様に知らせて安心していただきたいけれど、王太子殿下に会いたいと正式に申し入れればあらぬ誤解を招きそうだわ。

ご迷惑をかけずにお話を聞く方法はないかしら。

その様子で察したのか、リザがティムに顔を向ける。

「ではティムよ。戻ったら事情を説明して私が兄上にお会いしたいと伝えてもらえないか。それから、ポワレの弁護をアニアとこの私が引き受けると」

「わかりました。すぐにお伝えします」

「リザ様……？　リザ様まで巻き込む訳にはいきませんわ」

アニア自身は宰相の弁護をするつもりだったけれど、リザが宰相を庇《かば》う理由はないはずだ。もし、アニアの身内だからと気を遣《つか》ってくれているのなら、彼女の立場を考えると巻き込む訳にはいかない。

アニアがそう考えたのもお見通しなのだろう。リザはにやりと笑う。

「アニアの身内だから弁護するのではないぞ。ポワレという男はそなたの祖父エドゥアールが経理の天才だと評していたらしい。私のような小娘に見破られるような帳簿の細工をするわけがないだろう」

「それなら、僕も宰相の弁護に加わりたいですね……」

ティムがそう言うと、リザは首を横に振った。

「そなたはダメだ。調査担当である兄上の側近がどちらかに味方したのでは公平性を欠く。それに、小娘二人が騒いでいるだけなら、真犯人は甘く見てボロを出すであろう？」

擁護者《ようごしゃ》の少ない宰相の弁護を引き受ける者がいれば、真犯人は動揺《どうよう》するだろう。けれど、リザとアニアの二人であれば、重要視はしない。リザは政治の表舞台には立っていないし、アニアは家督を継いだばかりの新米の伯爵だ。

「……なるほど。では、せいぜい油断して動いてもらいましょうか」

ティムは残念そうに引き下がった。

「そなたは話が早いから助かる。私はすり替えられた元の帳簿を探し出すとしよう。あと、アニアはポワレの奥方にあやつがどこに送金をしていたのか確かめてもらえるか」

リザはすでに考えていたかのようにすらすらと指示を出してくる。

「かしこまりました。……つまり元の帳簿はまだ外に出されたりしていないのですか？」

「そもそも、文書担当をごまかせるほどの精巧《せいこう》なニセモノを作るためには、現物を見ながらでないとできないだろう。そして、文書庫の帳簿は簡単に持ち出しはできない。出入りにも許可が要るし、番人が確認しているからな。両方を精査すればわかる事実もあるだろう」

「リザ様は前に書庫で読んでいらしたようでしたけれど、あれは……？」

「あれは十年以上経って保管庫に移されたものだ。最近の帳簿は私でも文書庫に行って読まねばならん。機密文書もあるから出入りするためには事前に許可を取らねばならないのだぞ」

わざわざ許可を取ってまで文書庫に通っていたなんて。さすがリザ様だわ。

アニアはリザの読み物に対する執念に改めて驚かされた。

「文書庫の番人が買収されていたということはありませんでしょうか」

「私はよく出入りしているからあそこの警備をしている者は顔見知りでな。だが、私が行っても一切監視に手加減はしない。あれは買収されるような者ではない」

そう言ってからリザはふと思い出したように付け加えた。

「ポワレは送金の件もそうだが何もしゃべらないらしい。だが、アニアにならば口が軽くなるやもしれんな」

「……そうなんですか？」

「そもそもポワレを出世させたのはそなたの祖父だと聞いている。王宮を辞するとき、この先宰相選びに迷うことがあればあの男を使うといいと父上に推薦《すいせん》したのだそうだ。その祖父に似ているとアニアを評していたのなら無下にはしないだろう。だから面会の機会があればぜひ立ち会って欲しい」

「わかりました。やってみます」

どんな理由で黙秘しているのかはわからないけれど、このまま疑惑を晴らせなければ立場はどんどん悪くなる。

祖父が生きていれば同じ事をしたはずだ。

ポワレ宰相は自分の見いだした部下で、そしてディアーヌの夫なのだから。

祖父はディアーヌの出自を知っていて引き取ったはずだ。財産目当てと勘ぐられたのを理由に家族から離して育てたのも、彼女の面差しが本当の父親に似てくると、出自が知れるからだったのかもしれない。きっと彼女を大切に育てていたのだ。

だから、祖父の代わりに彼らを助けようとアニアは決意した。

……決意はしたのだけれど。

この状況は一体。

「……エリザベトが大至急で呼んでいると聞いてきたのだが、そなた一人なのか？」

王女の部屋に現れた王太子リシャールは戸惑ったように眉を寄せていた。

リザはさっきまで侍女たちに何か命じていたのに気がついたらいなくなっていた。他の女官たちの姿もない。リシャールの来訪を告げてきたティムも消えている。

「先ほどまでいらしたのですが……」

リシャールは他の部屋も見て回ってから戻ってくると大きく息を吐いた。

「やれやれ。謀《はか》られたか。だが、オレに用があるのはそなたなのだろう？」

どうやらこの状況を見てリザの意図を察してくれたらしい。

表情には出ていないがいくらか落胆した様子に、アニアは緊張した。

忙しいはずなのに妹からの呼び出しで来たのだから、アニアしかいなかったらそれはがっかりするだろう。

って待って。密室で殿下と二人きりって……あまりよろしくない状態では？　侍女を呼び戻すべきではないの？

ただでさえ噂にされているのに、またご迷惑をかけてしまうことになるのではないかとアニアが焦っていると、リシャールが隣の部屋に通じる扉を指さした。

「大丈夫だ。隣の部屋に女官を控えさせている。さすがにエリザベトから主不在の部屋を好き勝手にしたと言われるのも困るし、逢《あ》い引《び》きと誤解されてはそなたの評判にも関わるだろう」

アニアは頬が熱くなった。すぐに考えが回らなかった自分が恥ずかしい。

やっぱり、日頃から自分の振る舞いに気をつけていらっしゃるのね。

そう思うと同時に、気が利《き》かないと思われてしまったのではないかと少し気持ちが沈《しず》んだ。

「……ポワレを弁護したいと聞いている。その件だろう？」

リシャールは普段と変わらない口調で問いかけてきた。

「はい。けれど、私はまだ政治の世界がよくわかっていませんから、宰相閣下がどのような立場に追われているのかまず知りたいと思いました。王太子殿下にぜひとも見解をお聞かせいただきたく、王女殿下にお願いした次第でございます」

アニアが一気にそう言うと、王太子は手近な椅子に腰を下ろして腕組みをする。こちらを見ようとはしない。

考えてみればこの人と二人きりできちんと話したことはなかった。今まで話ができていたのはリザやティムなど誰かが一緒にいたからだ。

もしかしたら、リザ様が呼んでくださらなかったら、あんな噂になっているわたしになど個人的に会いたくないと思っていらしたかもしれない。

それでもアニアはリザが与えてくれた機会を逃《のが》したくはなかった。自分の立場では宰相の現状もわからないし、調査の進行状況も知る術がない。

……ディアーヌ叔母様も伯爵家に来たとき、こんな気持ちだったのかしら。

「堅苦しいことは省《はぶ》いていい。そこに座ってくれ。何が知りたい？」

無愛想に聞こえる口調で正面の椅子を指し示す。アニアは一礼して腰を下ろした。

「……万一ポワレ宰相が辞任したら、誰がその座につくのでしょうか」

そう問いかけると、リシャールはまじまじとアニアを見つめてきた。

「なるほど。そなたは宰相を無罪だと考えているのだな」

「宰相閣下は私の祖父が推薦《すいせん》して出世させたと聞いています。祖父が守ろうとしたこの国を裏切る方ではありません。それに事のあらましを王女殿下から伺《うかが》いましたが、宰相閣下のなさることとは思えません。ですから、無罪を主張したいのです」

アニアは王太子を前にしてはっきり断言できた自分に驚いた。

政治のことを知らないって言っておいて、身の程知らずと思われたかしら。

けれど、アニアの目線を受けて、リシャールはふっと口元を緩《ゆる》めて微笑む。

「……なるほど。またそなたの『なんとなく』なのだな？」

冷淡にあしらわれるかと思ったアニアは、その笑みに力づけられた気がした。

アニアは時々祖父の見てきた記憶を頭の中に蘇《よみがえ》らせることができる。リシャールもそのことを知っている。

国王からはアニアの中に祖父が入っているだの、生まれ変わりだのと色々言われたけれど、確かに自分と祖父は血縁だけではない何か不思議な関係があるのだろう。

その繋がりのせいなのか、それともアニアの直感なのか。

ポワレ宰相は国王を裏切ったりはしないと最初から感じていた。

「そうですわ」

はっきりと答えると、リシャールは頷いた。

「宰相の後任の話だったな。宰相の地位は貴族たちのほとんどが狙っている。平民出の宰相を追い落としてその座に就きたかった者は多いだろう」

「では、宰相の座が空《あ》けば、それを巡《めぐ》って貴族たちが争う事態になるのでしょうか」

「いや。結局は国王陛下がお決めになる。事が長引けばその部下を当面の代行に据える可能性が高い。さらに宰相更迭となれば、職務が滞《とどこお》らないようにその代行を後任にすることになるだろう。陛下は貴族の権威《けんい》より実際の能力で判断なさることが多いからだ。そうなるとパクレット子爵が最有力だ」

「他の大貴族の方は？　それで納得なさるのですか？」

「納得はしないだろう。落ち着いたら追い落とそうと動き出すかもしれないが」

平民出の宰相を追い出して、その後任になったパクレット子爵ユルバンならばまだ若いから簡単に追い落とすことができる……という皮算用をした者がいるのだろうか。

「パクレット子爵が上手《うま》く立ち回る可能性もありますね」

「それもありえる。今の当主ユルバンは頭のいい男だ。仕事もできる。唯一の難点は、先の戦乱のきっかけを作ったパクレット子爵家だから印象が悪いことくらいだ。反逆の汚名が残る家を継いだのは楽なことではあるまい。だからこそ保身には気を遣っているし、間違ってもアルディリア派には近づかないだろう」

その言葉でリシャールはユルバンを高く評価しているのが感じられた。

彼自身も家名のことは口にしていた。今でも口さがないことを言う人はいるのだろう。

ユルバンの出世欲はそこから来ているのだろう。周囲を見返そうという野心から、実力で成り上がろうと考えているとしたら納得が行く。

「それでは誰かが宰相閣下を陥《おとしい》れてもその地位につけるとは限らないのですね」

宰相が失脚しても実力重視でほぼ間違いなくユルバンが代理に任じられる。何よりも家名で疑われている彼がアルディリア派につく可能性は低い。

仮《かり》に宰相の座を狙う貴族が犯人だったとしても、さらにユルバンを追い落とさなければその地位を手に入れることはできない。ユベール二世は実力を重んじているからこそ、家名や出自などで偏見を持ったりはしない。

「その通りだ。誰もが宰相の地位を狙っているが、その地位が確実に手に入る保証はない。そして、後任になるはずのパクレット子爵はそこまで危ない橋を渡らなくてもいずれ宰相になる能力を持っている」

リシャールはアニアに事件の経緯《けいい》を説明してくれた。

数日前、リザが帳簿の不正とすり替えが行われていることを発見し、国庫から不正に支払われた金があるという疑惑が明らかになった。

不正は三ヵ月前の日付まで行われていたが、リザが帳簿のすり替えそのものが行われたのはここ最近のことだと証言している。

文書庫に出入りできる人間は限られており、出入りの時間や閲覧記録もすべて残っている。偽造された帳簿に使われた紙やインクは本物と同じ品であることから、内政府の中で作られたものだと推察される。

そして、帳簿の不正記載と時を同じくしてポワレ宰相がいずこかへ定期的に送金をしていたことが判明した。さらに、三ヵ月前のランド伯爵事件で、アルディリアにいる王弟を支持していた一派に資金協力を行っている者がいるとわかった。

ポワレ宰相は自分が送金している相手について口を開かない上に、一言の弁解もしないことから、彼が国王の信任を裏切ったと言われている。

「宰相閣下は王弟殿下を支持して何か見返りがあるのでしょうか？」

「何らかの地位を約束していたのだろう、と貴族たちは言っている。だが、内政の長にあるのにわざわざ謀叛を狙う一派を支持する理由にはならない」

……宰相自身の動機も薄くて、宰相を陥れるほどの理由も少ない。こうなると完全に無罪を証明することも、有罪であると立証することも難しいように思えてくる。

それじゃどうして帳簿のすり替えなんて……。

アニアが困惑していると、リシャールが厳《きび》しい表情で問いかけてきた。

「ポワレは孤立している。弁護するのは楽ではないぞ。その覚悟はあるのか？」

「正直に申し上げますけれど、覚悟はできていませんわ。でも、叔母のために何かして差し上げたいと思ったんです」

アニアの言葉にリシャールは金褐色の瞳を軽く見開いた。

「そういえば、どうして初対面でポワレの奥方が叔母だとわかったのだ？　血も繋がっていないのだろう？　信用できるのか？」

「それは……」

あの時、彼女が先代国王に面差しが似ているのには驚いたけれど、面識もない彼女の言葉をアニアは全く疑わなかった。

ただ、この人がディアーヌだと思ったのだ。

「なんとなく、ですわ」

開き直ってそう答えると、リシャールは苦笑いを浮かべた。

「まあいい。とにかくポワレは現時点では監視されているだけで、特に投獄《とうごく》されているわけでもない。元気にやっている。奥方にはそのように伝えておいてくれ。……それからオレと国王陛下は中立の立場でなくてはならない。表立って味方をすることはできないから、できることは少ないかもしれぬ」

「……それは当然のことです。殿下にまでご迷惑をかけるつもりはありません」

むしろ公正でなくてはならないのに、こうしてアニアの相談にのってくれるだけでも十分すぎるほどだろう。

リシャールは少し表情を曇《くも》らせた。先刻のリザに弁護を反対された時のティムと似ている。悔《くや》しがっているように見えて、アニアは戸惑った。

もしかしたら、この人も宰相の無罪を望んでいるのかもしれない。

けれどすぐにリシャールは口を引き結んで、強い口調でアニアに告げた。

「……だが、何があるかわからん。くれぐれも一人で突っ走ることはしないでくれ。バルトを通してくれれば人を回すように協力する。エリザベトにもそう言い聞かせておいてくれ」

「そうですね。王女殿下を巻き込むことはできれば避けたかったのですが……」

「いや、それはエリザベトが言い出したことだろう？　あれは一度決めたら動かないからそなたのせいではない。ただ、エリザベトは政治的にはあまり目立つことはしていないから、ポワレを追放したい貴族たちはさほど脅威には思わないだろう。だから調査への影響は少ないはずだ」

「所詮《しょせん》小娘二人ですもの」

アニアがリザの言葉を繰り返すと、リシャールは肩をすくめる。

「まあ、その小娘二人を甘く見てはいけないのだと知っている者は少ないからな」

「それはずいぶんなおっしゃりようですわ。わたしはともかく王女殿下はか弱いご婦人なのですから」

「あれも中身までか弱いわけではないぞ。とにかく協力はするからエリザベトが暴走しないように気をつけてくれ」

そう言うとリシャールは何かを思い出したように周囲を見回した。その様子にアニアはまだ何か深刻な問題があるのだろうかと思って問いかけた。

「どうかなさいまして？」

リシャールは口を引き結んで腕組みをした。

「いや、最近エリザベトが妙な絵を描いていただろう。何を描いているのか言い当てられなかったら、『わからないのですか。やはり兄上はダメですね』と叱《しか》られたのだ。そなたは正解を知っているのか？」

「穴熊だとおっしゃってましたわ」

アニアがそう答えると、リシャールは額に手を宛《あ》てて考え込む仕草をした。

「……穴熊？　あれが？」

アニアは困り果てた表情を見せたリシャールに、うっかり吹き出しそうになった。

こんなお顔もなさるのね。いつもお堅い顔ばかりなさっていらっしゃるのに。

「文献《ぶんけん》の描写を参考に想像で描いたそうです」

「想像？　そんな訳のわからないもので、オレはダメだと言われたのか」

おそらく狩猟《しゅりょう》などを嗜《たしな》む殿方なら本物の穴熊を見たことがあるはずだ。だったらよけいに正解にはたどり着けないだろう。

「王太子殿下、僭越《せんえつ》ながら申し上げますけれど、王女殿下は本気でおっしゃっているわけではありませんわ」

剣も強くて逞《たくま》しい偉丈夫で非の打ち所がない王太子と言われている人が、妹にダメ出しされて落ち込む図というのは見ていていたたまれない。リザはおそらく軽口のつもりだったのだろうけれど。

妹に甘いリシャールにとっては衝撃《しょうげき》だったのかもしれない。

「そういえば、そなたにも確か兄がいたな？　やはりあのように手厳しくしているのか？」

「いえ。わたしの兄では参考にはなりませんわ。それに手厳しい事も言えるのは信頼しているからではないかと思います」

アニアの兄は今はおとなしくしているけれど、以前は放蕩者《ほうとうもの》で問題人物だった。誰かと取り替えてくれないかと何度も思っていたくらいだ。

だから、あまり兄に対して期待もしなかったし、向こうもそうだろう。リザとリシャールのように言い合ったりしたことはない。

「そうなのか？」

「ええ。王女殿下はただ描いたものを見ていただきたかっただけだと思います」

「そうか」

リシャールはふっと口元を緩める。

「だったらまずは褒《ほ》めねばならなかったな。せっかくあのエリザベトが本以外のことに興味を向けているのだからな。……どうもオレはそういうことで気が回らない」

確かに真面目な言動が目立つけれど、リシャールは石頭というほどではない。アニアの言葉もちゃんと聞いてくれて、頭ごなしに否定することはしない。

「父上もジョルジュも社交的で気の利いたことをさらっと口にできるのだがな」

「人それぞれですわ。あまりお口が滑《なめ》らかな殿方はその分言葉が軽く思われてしまいますから、殿下のようにきちんとお考えの上で話されるほうが好ましく感じられる方もいらっしゃいますわ」

そう言うと、リシャールはその答えが何か気に入らなかった様子でアニアに問いかけてきた。

「アナスタジア。では、そなただったらどちらがいいと思うのだ？」

「わたしですか？　わたしもあまりお口が滑らかすぎる方は苦手です」

あけすけな物言いをされても反応が難しいし、お世辞まみれでも戸惑うだけだ。だからジョルジュのような口が滑らかすぎる男性よりも、リシャールのように飾らず要点を告げてくれる人が話しやすいと感じる。

「そうか。それならオレも少しは自信が持てそうだ」

どこか嬉しそうにそう言われて、アニアは戸惑った。

どうしてわたしのような女官の言葉などが自信の根拠《こんきょ》になるの？　この人ならもっと素敵な人が周りにいるのに。

「そろそろ戻らねばならん。エリザベトが戻るまで待つつもりだったが、あまり時間がないのでな」

リシャールはそう言うとアニアに向き直った。

「ポワレのことは、何か新しい情報があれば教える。エリザベトにもそう言っておいてくれ」

「かしこまりました」

アニアはリシャールを見送ったあとで、図らずも個人的に話をすることができたのにあの噂で迷惑をかけていることを謝罪することができなかったことに気づいた。

3

「……いっそこのあたりの壁を片っ端から壊した方が早くないだろうか」

リザは壁を正面にして腕組みをしたままそう呟いた。

アニアとリシャールを部屋に残して文書庫の中を捜索《そうさく》しにきていたのだが、隠す場所というより書類が多すぎて確認ができない。

戸棚《とだな》の中も調べたがそれらしく隠された様子もない。それなら壁、という短絡的な結論に至《いた》ったところだった。

この文書庫の番人は国王直属の親衛隊が二人組で務めている。買収するのは難しい。閲覧《えつらん》できる人間も限られている。だからこそ一番頻繁《ひんぱん》に出入りする宰相《さいしょう》が疑われたのだ。

帳簿は持ち出されていない。そのはずだが不自然な棚も見当たらない。

「さすがに破壊行為はお勧めできません。道具も人手も足りませんし」

背後に立っていたティムが穏やかに指摘した。

「わかっておる。そなたも男なら拳《こぶし》で壊したりできぬのか」

「それは世間一般の男に対する偏見《へんけん》ですよ」

「軍の剣術大会では毎年優勝しているというのに、情けない事を言う」

「いやいや。あれは剣術ですから。相手は人ですから。さすがに壁と戦ったことはありませんから」

食えぬ男だ、とリザは思いながらも現実的な思考に切り替える。ティムがやんわりと常識を持ち出してくるので、冷静になることができた。

ここにある文書は外に出せないものがほとんどで、鍵《かぎ》の持ち主は棚ごとに異なる。最も奥の棚は厳重《げんじゅう》に施錠《せじょう》されていてその鍵は代々国王しか手にすることができない。

ポワレが開けられる場所はすでに調査済みだろう。そうなると隠せる場所も限られる。

だからといって壁に塗《ぬ》り込《こ》めるというのもありえないのはわかっているのだが。

「やはりアニアを連れてこられないのは痛かったな。アニアならば何か気づくかもしれないのに、役人どもめ……」

この文書庫に入るためには国王の裁可を得なければならない。リザと王太子の側近であるティムは元々許可されていたが、アニアの申請《しんせい》は間の役人たちが難癖《なんくせ》をつけたため途中で止められた。

それでアニアにはリシャールの相手を任せて部屋に置いてきたのだ。

「アニアは官僚ではないのですから、仕方ないことです」

「……そのくらいはわかっている」

役人たちの言うことは正しい。単に元宰相の孫というだけでは重要機密のある部屋に入れる理由はない。正しいのだが、じれったい気持ちになった。

「アニアのすごさをわかってもらえぬのは悔《くや》しいではないか」

リザの言葉にティムは少し戸惑《とまど》った様子で微笑《ほほえ》んだ。

「リザ様にそう言っていただけるだけで彼女は十分喜ぶでしょう」

リザはティムの顔を見上げて眉《まゆ》を寄せた。

「そなたはアニアをもっと自慢したくはないのか？」

そう尋《たず》ねると、ティムは拳を胸元で握《にぎ》りしめて力強く頷いた。

「それは当然です。大事な従妹《いとこ》ですから、隙があれば自慢します。ただ、今は思っていたのとは違う方向で目立ってしまっているのが正直不安なところです」

「……例の求婚者たちのことか」

ティムがアニアに王宮仕《づか》えを勧めたのは、彼女の親たちが相手の金目当ての縁談を強引に進めていたからだった。

けれど今は噂《うわさ》のせいで注目を浴びてしまっている。それが不本意なのだろう。

「それもありますし、彼女がリシャール殿下の寵姫《ちょうき》候補だと見られていることも」

「兄上には何も聞いていないのか？」

リシャールは妃以外の女性を側に置くのは不実だと思っているようなので、今まで寵姫の地位を狙《ねら》っている者はいたがあっさり退けられてきた。今回の噂でアニアのことをどう考えているのか側近にくらいは話しているかもしれないとリザは思ったのだが。

ティムは落胆《らくたん》した様子で大きく息を吐いた。

「殿下はまだアニアに好かれていないと思い込んでいらっしゃるようで。迷惑をかけたくないから否定したら、ならば別のご令嬢をと言われて困っている、とおっしゃっていました。殿下が寵姫を置くのを拒《こば》み続《つづ》ければ、アニアの噂が逆に真実味があると思われてしまうので、何もおっしゃることができなくなるのではないでしょうか」

リザは溜め息をついた。

あの兄はアニアが王宮に上がる前から彼女の小説の熱烈な読者だった。だから、アニアがリシャールのお気に入りだという噂はわずかに真実を含んでいたのだ。

ただ、ティムを通して自分の書いた小説がリシャールに読まれていることをアニアはまだ知らない。

アニアが女官として王宮に来た時、リシャールは愛読している小説の作者だということで緊張してしまったのか極端に無愛想な態度をとってしまった。

そのせいでアニアもリシャールが自分に興味を持っていないと思い込んでいた。

最近は会話が成立するようになって少しずつ打ち解けてはいるけれど、それでもまだどちらもあの頃のことを引きずってしまっているようだ。

「あれだけ我々にアニアの小説の続きを催促《さいそく》するくせに、書いている本人には何も言えないなど、人見知りがすぎるだろう」

アニアとリシャールは今頃ちゃんと会話ができているだろうか。

恋愛小説を書いているくせに自分に向けられる好意にはとことん鈍感なアニアと、相手に思い入れがあればあるほど口下手《くちべた》になるリシャールという組み合わせなので、リザは心配になってきた。

ティムは困ったような表情になる。

「普段はあれだけ堂々となさっていらっしゃるのに、不思議ですね。ただ、殿下はご自分が器用ではないと自覚なさっているからこそ、アニアの小説に出てくる一人の女性を愛し続ける主人公に思うところがあるのではないでしょうか。……そうだ」

不意にティムが顔を上げた。

「それで思い出したのですが、アニアの小説の中に隠された古い恋文を探すくだりがありましたよね。黒檀《こくたん》で作られた家具の一番大きな引き出しの奥に隠し扉があって……」

言いながら、ティムは文書庫の隅に備え付けられた古い棚にある引き出しに目を向けた。確かにその棚だけが黒檀製だ。

「ああ、覚えている。試してみるか」

リザもそれを聞いて思いだした。探し物の状況は全く違うが手紙を探す話があった。リザは棚に歩み寄って、引き出しをすべて引き抜いた。のぞき込むとその奥に壁とは違う小さな扉がある。

見つけたと同時にリザは背中がぞわりと総毛立つような感覚に襲われた。

……わかっていても、アニアの小説が現実になるのはやはり驚かずにはいられない。

「……これか」

ただし、そこには鍵がかかっているらしくびくともしない。

「鍵の持ち主がわからないとどうにもならぬのか」

「そのようですね……」

「いっそのこと壊すか」

「さすがにそれはマズいでしょう。このままにして王太子殿下にご相談してみましょう」

宰相の疑惑を調べているのはリシャールだ。勝手に扉を壊したりするのはさすがに証拠《しょうこ》保全にはならない。それはリザも理解している。

けれど、早く確かめたいと気持ちは逸《はや》る。

「おや、珍しい取り合わせだな」

二人が仕方なく引き出しを元に戻したところで、暢気《のんき》な声が響いた。

「……父上」

「また帳簿を読みにきていたのか？　アナスタジアは一緒ではなかったのか？」

入り口の前でリザの父、国王ユベール二世がにこやかに微笑んでいた。室内をぐるりと見回してから問いかけてくる。

「アニアはこの部屋に入る許可が出ていませんので」

リザと同じ金髪と金褐色《きんかっしょく》の瞳をした父はついてきていた文官たちを人払いすると、楽しそうに歩み寄ってきた。

「なるほど。そうであったな。……それで？　何かわかったのか？」

いつも通りの口調なのに、その一言で父がここでリザたちが何をしていたのか知っているとわかる。

リザはもう一度引き出しを引き抜いた。奥に小さな隠し扉があるのを見て、国王は驚いた顔をした。

「よく見つけたな。さすがに私も知らなかった。またアナスタジアか？」

「ええ。その通りです。それでは父上は鍵の持ち主もご存じないのですか？」

「鍵？　こんなところに鍵をかける意味があるのか？　エドゥアールの奴の仕業なら……」

国王はそう言ってその扉に手をかけた。軽く揺すってそのまま引っ張ると扉ごと抜けた。

「……扉ではなくそれ自体が引き出しだったのですか」

「エドゥアールは鍵のかかった扉と思わせて実は引き出し、とかそういう妙なからくりが好きだったのだ」

得意げな父の言葉にリザは驚くしかなかった。金庫の扉のような形状をしているから、まさか引き出しだとは思わなかった。

引き抜いた細長い隠し引き出しには大量の帳簿が入っていた。

「……これが元々の帳簿です。間違いありません」

一冊を手に取ってリザが断言すると、相手は首を傾《かし》げた。

「その根拠は？」

「私は目を通した帳簿にはこっそり印をつけていたんです」

そう言って最終頁《ページ》の内側を拡《ひろ》げた。綴《と》じの近くに隠すように書かれていたものを見て、隣にいたティムが慌てて口元を覆《おお》った。おそらく笑いを堪《こら》えている。

「……何だこれは？」

さすがの父も途方に暮れた顔をしていた。リザは勝ち誇《ほこ》った気分で答えた。

「穴熊です」

リザは最近気に入って描いていた絵を帳簿の最終頁の目立たない場所に小さく描き入れていた。帳簿のすり替えを疑ったとき最初にそれを確認したのだ。

ちょっとした戯《たわむ》れだったのだが、これが証拠になるとは思いもしなかった。

「ほう？　斬新《ざんしん》な穴熊だな。干からびたカエルかと思ったぞ」

娘の言葉にわずかに口元を強《こわ》ばらせながら国王は他の帳簿の最終頁を確認している。

リザはやはりこの絵は父や兄には理解できないのかとこっそり溜め息を吐いた。

「私がこの印をつけ始めたのは三ヵ月前。つまり、ランド伯爵事件の後です。帳簿のすり替えはやはりここ三ヵ月で行われたことになります。宰相がもしアルディリア派やランド伯爵と同調していたのなら、本来なら急いで証拠隠滅《いんめつ》に走るはずです。けれど、これは逆でしょう?」

三ヵ月前のランド伯爵事件。あれで多くの貴族たちがアルディリアと通じて謀叛《むほん》を起こそうと画策《かくさく》していることが判明した。彼らの多くは実力主義を第一とする現国王の元でなかなか出世ができない不満を抱《かか》えていた。

けれど、その計画が最初から失敗に終わったことで、裏でこっそりランド伯爵に賛同していた貴族たちは慌てて振る舞いを正すようになった。

なのに今、証拠をそのままにするどころか、矛盾《むじゅん》のある帳簿とすり替えるなどむしろバレて欲しいと言わんばかりだ。こんな愚行《ぐこう》は一国の宰相がするようなものではない。

だからこそリザが知りたいのは別の真相だ。どうしてこんなあからさまに怪しい疑いを宰相は黙って受け入れているのか。

「確かにつじつまが合わない帳簿にすり替えるのは不自然だな。内政府を混乱させるにしても意図がわからん」

「ポワレは送金先をまだ白状しないのですか?」

リザの質問に父は肩をすくめて首を傾げる。

「普通なら潔白を証明するために告白しそうなものだがな。何も言わない。このままでは宰相の職務が滞《とどこお》るので、代行を立てねばなるまい。そのために宰相の鍵を預かってきたのだ」

どうやらその確認のために文官たちを連れて文書庫に来たらしい。

「やはりパクレット子爵ですか？」

宰相補佐を務めている優秀な男だが、ポワレよりは面白味《おもしろみ》に欠ける。そしてアニアに求婚してきた点でもリザとしては面白くない。

娘の口調で何か察したのか、国王は穏やかに微笑んだ。

「そうだな。ただ、あくまで代行だ。後任ではない」

「父上、私とアニアをポワレに会わせていただけませんか？　ポワレはアニアの祖父に出世のきっかけを与えられたと聞きますし、彼の妻はアニアの叔母《おば》です。だからアニアになら話すかもしれません」

それを聞いた国王は不思議そうに目を丸くした。

「……叔母？　そういえばエドゥアールには養女が一人いたな。だが、それを強調すれば逆に身内がかばい立てしていると言われるのではないのか？」

「だからこそ私も弁護するのです」

アニアが宰相を弁護したいと言ってきたとき、強引に加わったのはそのためだ。身内贔屓《びいき》の批判をそらすためにも、彼女一人では心許ない。

彼女はまだ家督《かとく》を継いだばかりで政治的な後ろ盾《だて》も少ない。だからリザが後ろ盾になることで少しでも背中を押すことができると考えた。

貴族たちは宰相の座が空《あ》けば自分たちにも機会があると思っているから、平民出の宰相をきっかけがあれば引きずり下ろしたい。けれど今まで足をすくうだけの失態がなかったのだ。

ポワレは愚《おろ》かではないし、無能でもない。

だからこそ、どうして疑いをそのままにしておくのか知りたい。

「わかった。面会の機会を作ってやろう。私もあやつくらい欲のない宰相は得がたいと思っているのでな」

国王ユベール二世は楽しげに笑って約束した。

＊　＊　＊

リシャールとの対面の後、アニアは侍女《じじょ》から手紙を受け取った。

ディアーヌに出した手紙の返事だった。

綺麗に整った文字と丁寧《ていねい》な文章に彼女の品性が窺《うかが》える。高等な教育を受けているのは間違いない。

宰相の弁護を引き受けたことへの礼と、送金については送り先までは知らないという内容で、さらに、送金は宰相自身の懐《ふところ》から支払っていたことが書かれていた。

夫の無実がかかっているのなら、彼女が嘘をつく理由はない。

宰相は妻にもその送金先を話していなかったということなのか。

普通なら誰かわからない相手に夫がせっせとお金を送っていたら、浮気じゃないかとか考えたりしないのだろうか。それとも夫を深く信頼しているということだろうか。

そして手紙の中の一文に、アニアは目を留めた。

『夫は送金について、エドゥアール様に依頼されたものだ、と申しておりました』

お祖父様《じいさま》が依頼したもの？

それなら祖父が王宮を辞するときに彼に言い残したのだろうか。当時の書類に何か手がかりが残っていないだろうか。

古い文書は書庫にあるはずだ。何も他に当てがないのなら探してみよう。

そう思って書庫の前にさしかかったあたりで意外な人物に会った。

たった今、リシャールから次期宰相と言われていたパクレット子爵ユルバン。

「ごきげんよう。パクレット子爵様」

アニアは一礼すると相手の手元を見た。

何か書類を持っているわけでもないし、本を持ち出している様子もない。書庫に来たのではないのかしら。

宰相が監視下に置かれている今、その後任とも目されるこの人は忙しいはずだ。無為に歩き回る余裕はないのではないかと思ったのに。

「奇遇ですね。アナスタジア様。王女殿下のお遣《つか》いですか」

「いいえ。少し調べ物をしたくて参りました」

アニアが曖昧《あいまい》に答えると、ユルバンは頷いた。

「そういえば、あなたも王女殿下のように書物にお詳《くわ》しいとか。けれど、書物と現実はわきまえたほうがよろしいのではないですか」

「現実との区別はつけていますわ。何がおっしゃりたいのですか？」

アニアは何か含むところがありそうな口調に小さな棘《とげ》を感じて問いかけた。

「あなたが宰相閣下《かっか》の弁護を引き受けると聞いて気になっただけです。本当なのですか？」

「ええ。どなたも引き受けようとなさらないのですもの。あなたはどうなさるのですか？」

直属の部下なら宰相の擁護《ようご》をするのではないかとアニアは思っていた。けれど、この人は宰相が疑われているのに焦《あせ》っているようには見えないし、むしろ落ち着き払っている。

ユルバンはアニアの問いに急に眉を寄せて、苦しげに顔をしかめた。

「申し訳ないのですが、私は動くことはできません。帳簿の不手際だけでも宰相閣下や私どもの立場は十分悪いのです。私が庇《かば》ったところで身内の言い訳だと思われてしまいますから。今回の件は大変残念ではありますが、私たちにできるのは宰相閣下の不在中に業務が滞らないようにすることだけです」

確かに身内の言葉では証言として重く見てもらえないかもしれない。だからと言って諦《あきら》めるのは何か違う気がする。それに、アニアはユルバンの表情に嘘っぽさを感じていた。

「……宰相閣下が罷免《ひめん》されても仕方ないとおっしゃるの？」

「そこまでは申しませんが、不始末が起きたことは事実ですから何らかの責めを負うことは免《まぬが》れないでしょう。それが少しでも軽くなるようには願っています」

部下の立場ではうかつに庇えば疑われる可能性もある。場合によっては一緒に処分を受けることになりかねない。そう慎重《しんちょう》になる理由はわかるけれど。

ずっと一緒に仕事をしていたのに、そんなにあっさりと諦めるのかしら。

この人は自分が家名で偏見《へんけん》を持たれる事に悩んでいたから平民出の宰相の元にいたと聞いていたけれど、その程度の関係なのだろうか。

「それは調べてみないとわかりませんわ。責任のありかはその上で決めるものでしょう」

ディアーヌはまだ諦めていない。それにリザも宰相の弁護をすると言ってくれた。

だからこそ真実を明らかにしなければ。宰相を追いやっただけで終わらせてはいけない。

そう気負ったアニアの言葉にユルバンは首を横に振った。

「けれど、あなたが調べる理由があるでしょうか。いくら初めての女性伯爵だとはいえ、そこまで政治に関わる必要はないでしょう。あなたはか弱い女性なのですから」

さも心配しているように穏やかに告げるユルバンをアニアはじっと見つめた。

何を言っているの？　この人は。

ディアーヌのためにポワレ宰相の無実を証明したい。有能な宰相が失脚することは国にとっても損失だ。そう思うからこそ、アニアは弁護に乗り出したのだ。

それを女性だからとか弱いとかそんな理由で頭ごなしに否定するなんて。

確かに弁護なんて初めてだし、完璧《かんぺき》にできると言い切れるほどうぬぼれてはいない。けれど、最初からしなくていいと言われるのは納得できない。

ただ美しく着飾って華《はな》やかな社交に興《きょう》じていればいいというの？　難しいことや危険なことは関わらずに。

そんな生き方ができるのなら、最初から王宮には来なかった。とっくに諦めて両親が勧める相手とおとなしく結婚していた。

それに、王太子殿下や国王陛下はそんなことおっしゃらなかったわ。

今までアニアやリザが事件に首を突っ込もうとしたら、危ないから一人では動くなとは言われたけれど、やめろとは言われなかった。それはアニアたちの意志を尊重《そんちょう》してくれていたからだ。

リシャールは表向きは中立でなくてはならないのに、アニアに味方してくれると言ってくれた。

新米女官の小娘にも意志があると認めてくれていた。その上で手を差し伸べてくれたのだ。それが度量の大きさではないだろうか。

この人はそうじゃない。この人はわかってくれていない。

「ユルバン様。わたしは未熟ですが何もできない訳ではありませんわ。自分のできることくらい自分で見極めます」

「ああ、どうかお気を悪くなさらないでいただきたい。あなたのことを侮《あなど》っているわけではないのです」

ユルバンは宥《なだ》めるような口調でアニアを見つめてくる。

「あなたは政治のことをわかっていない。ポワレ宰相の無実を証明したいのは私も同じです。だからお任せくだされればいいのです」

任せる？　たった今動かないと言わなかった？　この人は自分の立場を守りたいだけだ。宰相の疑惑とは無関係だと振る舞って、後釜《あとがま》を狙っている。

その時のためにアニアを妻にしたいと思っているから、アニアが宰相の弁護などに出しゃばるのは面白くないのだろう。

この人が欲しいのは、自分の名誉とクシー家の名前だけだわ。そんな人を夫に迎えても家のためにはならない。

この人の求婚は断るつもりだったけれど、今はっきり決断した。

何よりも自分を認めてくれない人を、どうして夫だと認めることができるだろう。

「誰に任せろとおっしゃるの？　それに、わたしは自分の望むことを誰かに任せたり押しつけるつもりはありませんわ。これでも結構欲張りなんです、わたしは」

アニアの答えにユルバンが理解できない様子で眉を寄せた。

「……ですが。あなたは……」

「ユルバン様。どうやらわたしはあなたをよく理解していなかったようですわ。あなたにもわたしを理解いただけないようです。きっとわたしはあなたの奥方には向かないのだと思います」

「アナスタジア様？　それはどういう……」

ユルバンは戸惑った様子でアニアに問いかけてきた。

「残念ですがあなたとは結婚できません。どうか諦めてくださいませ」

アニアは毅然《きぜん》と背筋を伸ばした。

「わたしは良くも悪くもエドゥアール・ド・クシーの孫なのです。クシー伯爵家の当主としてもこの件から顔を背《そむ》けることはできません」

本来なら関わらなくてもいい事件なのかもしれない。

宰相は確かに疑われているけれど、国王も王太子も彼の功績を惜《お》しんでいるからこそ、調査を続けている。時間はかかるかもしれないが、いずれ疑惑は晴らされるのではないかと思う。

けれど、長引けばずっと心配しながら待ち続けるであろうディアーヌのことを思えば、そんなことは言っていられない。

それに元々ポワレ宰相を見いだしたのも祖父だった。だからこそ、アニアにとって無関係とは思えない。納得が行くまでは関わりたいと思う。

アニアは一礼してユルバンから離れて書庫に足を踏み入れた。


「いやー。面白い話してたね」

書庫には先客がいた。椅子に腰掛けてくつろいだ様子で膝の上に本を拡げている。

「メルキュール公爵閣下。……聞いていらしたのですか」

「ジョルジュでいいよ。聞くつもりはなかったけど、聞こえてしまってね」

書庫の中に人がいるとは思わなかった。ここは鍵を持っている人間しか入れないから。

この人も一応王族だし、鍵を持っていたのだろうか。

「ちょっとサボりに来てたんだけど、うたた寝しそうになったところで話し声がするから目が覚めたよ」

メルキュール公爵ジョルジュは整った甘やかな美貌《びぼう》に笑みを浮かべた。

「ユルバンを振ったのなら、少しは僕との縁談を考えてくれるのかな?」

アニアはこの人との縁談も断るつもりだとリザに話したけれど、断るのは簡単ではないこともわかっていた。

王族に連《つら》なる名門だ。怒らせれば、アニアの家は権力に押しつぶされるだろう。

この人の方から諦めてくれないかしら、というのは希望的観測がすぎるだろうか。

「……本来ならば公爵家との縁談ならばありがたくお受けするべきなのでしょうね」

「おや。それじゃありがたくなかったかな？」

「いいえ。むしろ、ありがたすぎて疑いたくなるくらいですわ。何故わたしなのかと」

ジョルジュは今気づいたという様子で小さく頷いた。

「そういえば、そういう話はしていなかったね。きっかけはリザが新しい女官をいたく気に入っていると聞いたからだよ。彼女の気性ならか弱い貴婦人をそこまで気に入るとは思えない。おそらく歳の割にしっかりした肝《きも》が据《す》わった人じゃないかと予想していた。そのくらいでないと当家の女主人は務まらない。何しろうちの居城には義父があちこちに虫の標本を飾ったり蜘《く》蛛《も》を飼《か》っていたりするからね。君は蜘蛛とか平気でしょ？」

ジョルジュはリザと同じ色の瞳を輝かせて問いかけてくる。

「確かにそのくらいは大丈夫ですわ」

「やっぱり？　今までも城に招待した女性はいたんだけど、みんなすごい勢いで逃げたからね。僕としては妻に期待するのはその一点なんだよ」

アニアは幼い頃から領地で畑や森に出入りしていたから、虫や蜘蛛くらいでは驚いたりしない。飼おうと思ったことはないけれど。

「先代の公爵は今でもそんなにたくさんの蜘蛛をお屋敷に置いていらっしゃるのですか？」

「まあね。うちの紋《もん》に蜘蛛をあしらっているせいなのか、蜘蛛には縁があるよ。だから蜘蛛くらいで悲鳴を上げる人は妻にできないんだ」

この人はおそらくアニアのことをある程度調べている。

口が上手《うま》くて見かけだけの男性に惹《ひ》かれたりしないことや、ドレスや宝石にお金をつぎ込むよりはリザと書物の話で盛り上がる方が好きなこと。

そんな当たり前の貴婦人らしからぬところがあるから、当たり前の口説《くど》き文句では興味を引かないだろうということも。

確かに蜘蛛や虫が平気という女性は少数派だろう。ただ、狙いがそれだけとは思えなかった。どことなく居心地が悪くて、薄気味悪いと感じる。

物腰は柔《やわ》らかいけれど、じわじわと追い詰めてきている感じがする。口説かれているというより檻《おり》に追い込もうとしているように。

……なんだか蜘蛛のようだわ。きっと、この人は見かけ通りではない。

初対面の時からこの人はアニアの祖父にこだわっているように思えた。アニアの祖父が王宮にいたのはこの人がまだ幼いころの話で、そこまで縁があったようにも見えないのに。

祖父と何か関わりがあるのだろうか。だからこそ、ユルバンよりも遙《はる》かに狡猾《こうかつ》にアニアを捕まえようとしているのだろうか。

「まあ、考えておいて。できれば仮《かり》の婚約でも構わないから、僕がラウルスに戻る前に答えをくれるとありがたいな」

そう言うとひょいと勢いよく椅子から立ちあがった。そのまま出て行こうと歩き出したのをアニアは呼び止めた。

「ジョルジュ様。今、一つだけはっきりお答えできることがありますわ」

「……何かな？」

「わたしは祖父ではありません」

「え？」

ジョルジュは意外そうに金褐色の瞳を見開いた。

「あなたが欲しいのはわたしではなく、祖父の情報ではないのですか？」

「リザに何か聞いたのかい？　まいったな。そこまで気づかれてるとは思わなかった」

ジョルジュはそう言って前髪をかきあげると、アニアに顔を向けてきた。

「……君のことを国王陛下にお尋ねした。そうしたら、君はエドゥアールの生まれ変わりかもしれないと楽しそうに仰《おお》せになった。馬鹿馬鹿しいと思ったよ。だけど、もしそうなら、僕が何を言いたいかもわかるんじゃないのかい？　教えてくれたら君の望みを叶《かな》えてあげるよ。じゃあね」

ジョルジュはそう言って書庫を出て行った。

……祖父に言いたいことがある？　一体何をしたのだろう。

もちろんアニアは祖父ではない。だからジョルジュの言いたいことは全くわからなかった。

ジョルジュの言葉が気になっていたせいか、思うように調べ物は進まなかった。そもそも、宰相が内緒で動かなくてはならないような件の文書がアニアにも閲覧できる場所にあるかどうかもわからない。

祖父の記憶が何か参考にならないかとあれこれ考えてみたけれど、全く浮かんでこなかった。

……ジョルジュ様のことも、何をおっしゃりたいのかわからなかったし。お祖父様の記憶は便利なのか不便なのかわからないわ。

そう考えながらアニアはリザの私室に向かった。


「帳簿が見つかったのですか？」

部屋に戻ると、リザは机に向かってせっせと書き物をしていた。

すり替えられた帳簿が発見されて、その記載を書き写しているのだと聞かされてアニアは驚いた。いなくなったと思ったら、どうやらティムを連れて文書庫で捜索していたらしい。

「まさか、全部覚えていらっしゃるのですか？」

リザは肩をすくめて、まさか、と答えた。

「すべてではないぞ。つじつまの合わないところと、細工されていた部分くらいだ」

元々リザの記憶力はとても良いのだとは知っていた。書庫の本を片っ端から読んで何がどこに書いてあったかすぐに言えるほどに。

帳簿のありかがアニアの小説の中に出てきた隠し扉だったと聞いて、アニアは複雑な気持ちになった。また祖父の記憶が混じり込んでいたらしい。

「役人どもが突き合わせた結果、細工されていた日付とポワレ宰相が送金をしていた日付が全く同じだということがわかった。さらにアルディリア派が資金を得ていた時期もほぼ同じだそうだ」

「……つまり、宰相閣下の疑惑が深まっただけですか?」

「逆だ。帳簿は政治の一部分に過ぎない。予算を立て、国庫をそれぞれの用途に分けて、さらに使い道を考えて運用する。それらすべてに人が関わって緻密《ちみつ》な模様を描くように完成されねばならん。帳簿だけに矛盾《むじゅん》が起きるはずがない。つまり、帳簿はニセモノと取り替えられた。一見収支のつじつまを合わせて、本来とは違う金が動いたように巧妙《こうみょう》に細工されていた。だが、内政全体で見れば必ずどこかに綻《ほころ》びができる。そこまで確かめねばならぬだろう」

アニアはそれを聞いて気が遠くなりそうになった。

国政は多くの人々が関わって、膨大《ぼうだい》な案件が繋《つな》がっている。それは理解しているが、それらすべてを隅々《すみずみ》まで把握《はあく》している人はいないのではないだろうか、普通。

リザは帳簿や文書を読みあさっていた。だからそうした流れを知っているのだろう。

「……では、帳簿の内容は元々正しいものだったのですか」

「そうだ。わざわざ正しいものをおかしな内容のものにすり替えていた。それが何の利益があるというのだ？　明らかにポワレを辞めさせようという意図的な計略ではないか。あからさますぎるだろう」

「そうですね……」

アニアは頷いた。確かにその通りなのだが、だったら宰相はどうして送金先を隠し続けているのだろう。アルディリア派に関わりのないものなら、今回の疑惑はすべて晴れるのに。

「ところでアニア、ポワレの奥方は送金先を知っていたか？」

「それが……」

アニアがディアーヌの手紙を見せると、リザは眉を寄せた。

「そなたの祖父が絡んでいると？　ならばこの送金は以前から続けていたということになるな」

そう呟いてからアニアの顔を期待のこもった眼差《まなざ》しでじっと見つめてきた。

「何かひらめいたりしないのか？　いつものように」

そんなに簡単に思いつけるのなら苦労しないのだけれど。

「急にそのように言われましても……先ほどジョルジュ様にも同じようなことを尋ねられたばかりですが、わたしにもすべてわかっているわけではないので」

アニアはどうやら祖父の記憶を垣間見る《かいまみ》ことができるらしい。けれどアニア自身がその仕組みをわかっていない。

それは何かの拍子に頭の中に浮かんでくるだけなのだ。そして、都合良く必要な情報を引き出せるわけでもない。

だから、特定の情報を要求されても、どこから引っ張り出せばいいのかわからない。

どうしてわたしの行く先々でお祖父様の名前がでてくるのかも謎《なぞ》だわ。偉大だったのか偶然なのか、それとも本当に穴熊のようにあっちこっちに首を突っ込んでいたのかしら。

兄の名前にリザは露骨《ろこつ》に眉を寄せた。

「……ジョルジュ兄上？」

「ええ、さきほど書庫で偶然お会いしたので少しお話をいたしました」

「何も淫《みだ》らなマネはされなかっただろうな？」

リザは真剣な顔でそう問う。

よほどジョルジュ様は信用されていないのかしら。

同じ兄なのにリシャール相手の時よりも遙かに手厳《てきび》しい態度に、アニアは困惑した。

「ただお話しただけですわ」

アニアがいきさつを説明すると、リザはますます不機嫌そうに口を引き結ぶ。

「何事もなかったのなら良い。それにしても女性に対して虫だの蜘蛛だのとはどういう口説き方なのだ。悪趣味すぎるぞ」

「確かに驚きましたけれど、悪趣味なのはむしろ先代の公爵閣下ですわ」

あれだけモテるのに、そのせいで女性を所領の城に誘ったら逃げられるというのは気の毒だ。その点では同情するけれど。

「まあ、その通りだな。……だが祖父のことでそなたに無理強いをしてはならぬな。そなたは祖父ではないのだから」

リザはそう言って厳しい顔つきで頷いた。

「私としたことが、ジョルジュ兄上と同じことをしてしまうところだった。痛恨《つうこん》の極みだ」

そこまで言わなくても。

なんとしてもジョルジュと同じと思われたくないという根深い感情が見えて、一体あの人は今まで何をしてきたのかと不安になった。

「どうかお気になさらないでくださいませ。お役に立てそうなことがありましたらすぐに申し上げますわ」

「わかった。待っているぞ」

リザは大きく息を吐いてから、不意にアニアに向き直ると得意げに微笑む。

「とにかく周りであれこれ言っていても始まらぬだろう。ポワレ本人に会ってみるしかない。

……というわけで、アニア。父上にお願いしてポワレとの面会を設《もう》けてもらった。明日にでも会いに行くぞ」

帳簿探しをしているところに国王と鉢合《はちあ》わせたのだとリザが説明してくれた。

「リザ様……。ありがとうございます。わたし一人では何をしていいかもわかりませんでしたわ」

リザが本気で尽力してくれているのが嬉しかった。宰相本人に会うことができればもう少し詳しいことが聞き出せるかもしれない。

「まあ、王女という立場はこういうときに使うものだ。それにポワレを辞めさせては国家の損失だ。急がねばなるまい」

リザの言葉にアニアは感動した。

この国では王女に王位継承を認めていないのでリザはあまり政治には関わっていない。けれど彼女に政治的な見識がないというわけではない。必要な時にこうして力を振るうことができるのがその証拠だろう。どのような国に嫁いでも構わないように教育を受けているのだ。

わたしはまだまだ至らないことだらけだわ。

伯爵家当主としてこの先政治に関わることを避けるわけにはいかないのに、いざ宰相の弁護をするにも情報を得る手段さえわからなかった。

ディアーヌを助けたいと引き受けてしまったけれど、もし自分がリザに仕えていなかったら何もできなかっただろう。

そう思うとリザと出会えたことは本当に大きかったとアニアは実感する。

つい半年くらい前は、ただ空想や妄想《もうそう》を文章に書き連ねるくらいしかしていなかった自分が、王宮で宰相のために動いているのだから。

……誰かのため？　誰のため？

ふとアニアはその言葉が引っかかった。

「アニア？　どうかしたのか？」

考えに沈んでいたアニアに、リザが問いかけてきた。

「……もしかしたら、宰相閣下はとても大きな秘密を抱えていらっしゃるのかもしれませんわ」

ポワレが隠れて送金していたのは、アニアの祖父の命令だった。

だったら、祖父が秘密裏に動くとしたら、誰のため？

そう考えたら答えが出てきそうな気がしたのだ。

4

今日も庭の薔薇《ばら》が綺麗だわ。

早朝の回廊を歩きながらアニアは王宮の庭に目を向けた。朝露《あさつゆ》にきらめく木々とひんやりした空気が気持ちを穏やかにしてくれる。リザの起床時間の前に考えをまとめたくて部屋を抜け出してきた。

本当にこの頃いろんな物事がめまぐるしく動きすぎている気がするわ。

今日、アニアはリザとともにポワレ宰相と直接会うことになっている。

……本当に早く宰相閣下《かっか》の無実が証明できるといいのだけれど。それに、ジョルジュ様にもお返事をしなくてはいけないし。考えることが多すぎるわ。

アニアはそう思いながら回廊から庭を眺めた。

整然と整えられた植木と色とりどりの大輪の薔薇の花。

きちんと手入れしないと薔薇は長く咲き続けることはない。この時期ここまでの花が咲いているのは庭師の腕がいい証拠だ。

空は磨《みが》き上《あ》げた青一色で、明るい日差しが降り注いでいる。

庭の散策もたまにはしたいけど……。

王宮で働き始めてから仕事の合間に庭の景色を楽しんでいたが、ここ最近アニアは意識して出ないようにしていた。

「外を歩いていて、また何かあっても困るものね」

「上から花瓶《かびん》が落ちてきたりするのか？」

「そう。あれには驚いた……え？」

背後の高い位置からの声の主に振り返ってアニアは固まってしまった。

「王太子殿下……？」

そこにいたのは王太子リシャールだった。側近も護衛も連れていない。見上げるほどの長身を簡素な服装に包んで腰には長い剣を下げている。剣術の稽古《けいこ》の帰りなのかもしれない。

どうしてここに。というより、どうして誰にも話していない花瓶のことをご存じなの？

実はこの頃アニアが庭を散歩していると上からいろんなものが落ちてくるようになった。最初は小さな石や枝だったが、時には花瓶など大きなものも。

さすがにこれは故意だろうと考えるに十分な頻度《ひんど》だった。

アニア自身は気にしていないし避ける自信もあるけど、さすがに他の人が巻き込まれたら申し訳ない。だから散策を諦《あきら》めて、なるべく庭に出ないようにしていた。

「……やはり狙《ねら》われたのはそなただったのか」

リシャールは額に手を宛《あ》てて溜め息をつく。

「警備の兵士たちから、窓からの落下物が増えているという報告があって、気になったので剣の稽古帰りに見回りをしていたんだ。落下物の近くでそなたを見かけたという証言もいくつか上がっている。どうして何も報告しなかった」

「怪我も何もしていませんし、うっかり窓から落としてしまうこともあるでしょうから」

「花瓶をか？」

リシャールは理解できないと言いたげな顔をしていた。

……おっしゃりたいことはわかってるのよ。

きっと原因は例の噂《うわさ》よね。わたしが王太子殿下のお気に入りだという。だけど、そんなことを報告したら殿下のせいみたいになってしまうから……。

今までリシャールは女性との距離を等しく置いていた。だから彼に近づこうと思っていた女性たちは、そんな噂になったアニアの存在が面白《おもしろ》くなかったに違いない。

おそらくそれがさらに加速して、花瓶を落とすなど直接の行動に出たのだろうとアニアは思っていた。

アニアを見てこそこそと悪口を言っている女性たちがいた。すれ違いざまに「成り上がりの田舎者《いなかもの》」「不器量な小娘」だのと言葉を向けられたりもした。

最初のうちは小説のネタになるかと思って興味を持っていたアニアだったが、すぐにがっかりしてしまった。

陰口だってもうちょっと面白味があってもいいのに。容姿とか出自を馬鹿にするなんて初歩的で古典的すぎない？　もっとこう斬新《ざんしん》な陰口を創造するべきだと思うのよ。なによりも物を投げるのは良くないわ。本当に当たっていたら怪我をするじゃない。

「わざとでしたら、さすがに花瓶はもったいないですわね」

アニアの言葉にリシャールは金褐色《きんかっしょく》の瞳を軽く見開いた。

リシャールは剣術の稽古の帰り道、アニアが庭を眺めているのにそちらへ近づこうとしない様子を遠目で見かけて確信を抱いたのだという。

「そなたが狙われたというのなら、やはりオレのせいだな」

リシャールは不機嫌そうに口を引き結ぶ。そして、アニアの手首を摑んで庭に向かって歩き出した。

どうやら物を落とした犯人もその理由も察していたのだろう。そのせいでアニアが庭に出ることを我慢しているのも。

「責任をとって散歩に同行しよう。薔薇が見たいのだろう？」

そう言ってそのまま手を引きながら歩きだしたので、小柄《こがら》なアニアは慌てて早足でついていくしかなかった。

って待って、これって手を繋《つな》いで歩いているように傍目《はため》には見えるのでは？

「あの、殿下のせいではありませんし……また噂になってしまったら……」

こんなところを見られたらよけいに騒ぎになって、また迷惑をおかけしてしまう。

アニアが焦《あせ》って周囲を見回すと、リシャールは首を横に振った。

「言いたい奴《ヤツ》には言わせておけ。オレは他人の色恋沙汰《ざた》で騒ぎ立てる奴らの気持ちはわからん。オレはそなたが自由に庭の薔薇を見られなくなったことの責任を取りたいのだ。それは誰に恥じることでもない」

そのままリシャールは速度を緩《ゆる》めてゆっくりと庭を縦断するように歩き続ける。その口調は怒っているというよりも緊張しているように聞こえた。

……薔薇を見られないことの責任って、そんな大げさに考えなくてもいいのに。

美しく整備された庭木、そして咲き誇《ほこ》る色とりどりの大輪の薔薇。

けれどリシャールの目はずっと階上の窓に注がれている。

薔薇に囲まれた東屋《あずまや》まで来ると、やっと彼はアニアの手を離してくれた。

「オレが一緒にいれば嫌がらせもできまい。好きなだけ庭を眺めていればいい」

確かにその通りだけれど、王太子殿下を散策に付き合わせてのんびり庭を眺めていていいのかしら。

アニアは気持ちが落ち着かなくてリシャールの表情を窺《うかが》い見《み》た。

「ご多忙な殿下のお手をわずらわせてしまうのは申し訳ありませんわ」

リシャールは不機嫌そうに眉《まゆ》を寄せた。

「息抜きに庭を散策するくらいの時間はどうとでもなる。気にするな」

リシャールは備え付けられた椅子に腰を下ろした。ここで休憩《きゅうけい》をするつもりらしい。

アニアは周囲を見回して、また誰かが見ていて誤解するのではないかと気が気ではなかった。

まだ朝早いせいか人の気配はあっても、庭に目を向ける者はいないようだ。

けれど、どういう状況であれ、目ざとい人はいるし、妙な勘ぐりをする人もいる。

リシャールはアニアの様子を見て察したのか、無愛想な口調で告げてきた。

「悪いことをしているのではないのだから、堂々としていればいい」

「殿下……」

「あの噂はオレが元々女性を近づけないようにしていたのが原因だ。いずれ妃《きさき》に迎える相手に対して不実な振る舞いはしたくないから、結婚の前に誰かに恋愛感情など持つつもりはなかったのだ。それに王太子としてやらねばならぬことが多いのに、浮《うわ》ついた感情に走る余裕はない。だが、いくらそう言っても、理解せぬ輩《やから》はあれこれと邪推《じゃすい》してくるのだ」

リシャールはよほど鬱屈《うっくつ》していたのか、腕組みして不満を口にする。

……やっぱりそうだったのね。

立場上誰かを贔屓《ひいき》することを避けているのかもしれないとアニアは思っていた。それに、あれは将来の妃に義理立てをしているのだとリザから聞かされていた。

王族や貴族の結婚は政略的なもので、結婚式まで顔も知らないことも珍しくはない。だからこそ恋愛と結婚は別だとばかり、愛人を囲ったり浮名を流す人も多い。

現に先代国王ジョルジュ四世は寵姫《ちょうき》に愛人にと多くの女性が周りにいたのは有名だし、今の国王にも寵姫がいた。それにこの人の双子の弟ジョルジュも女性を口説《くど》き慣れている印象がある。

リシャールは自分の感情を抑えてでもそうなるまいと思ったのだろうか。

身を慎《つつし》むのが結婚相手への誠意だとすれば、それは本来賞賛されることなのだろう。

けれど、アニアはふと疑問を抱いた。

……恋愛感情を持つつもりがない、って自分で決められることなのかしら。

恋愛に限らず、元々この人は自分を強く抑制しすぎているように見える。

どうしてそこまで抑えつけようとなさるのかしら。人の心はそんなに簡単に抑えられるものではないのに。元々真面目《まじめ》な方だとは思っていたけれど、その決意は逆に不自然なくらいだわ。

恋愛でなくても、好きなことで頭がいっぱいになる気持ち、ダメだとわかっていても捨てられない気持ち、そんな自分ではどうにもできない感情はアニアにも心あたりがある。

自分の心を理屈で抑えられるかといえば、無理だと思う。

それとも、この人はそこまで自分を律することができるんだろうか。

「ご立派だとは思いますが……それは決意すれば抑えられるものですか？」

リシャールは大きく息を吐いた。まだどこか不満そうな表情で薔薇の庭を見据《みす》えている。

「さあな。今まではそうしてきたし、できているつもりだ」

リシャールはそう言って、今までよほど鬱屈していたのか急に饒舌《じょうぜつ》になる。

「オレの周りには妻がいても他の女性を口説いて回ったり、恋愛をしていなければ人生の楽しみがないだのとしたり顔で語ったり、口説き落とした女性の数を自慢するような者もいる。だが、オレは妃一人でいいと言っているだけだ。そうした考えは人それぞれだろう。それなのに、オレが少しでも女性と話しただけで周囲にあれこれ言われる。所詮《しょせん》当事者の問題ではないか。どうしてここまで騒がねばならんのだ。……そなたに危害が及ぶほどに」

「わたしは大丈夫ですけれど、お考えには同感ですわ。周りが大げさに騒ぎすぎだと思います」

アニアも噂のおかげで身辺が騒がしくなって困っていた。それでもリシャールが悪いのではない。騒ぐ周りが悪いのだ。

人の心まで勝手に察したつもりで話されるのは迷惑だ。

舞踏会でダンスに誘ってもらうまでは、リシャールのことを厳《きび》しくて怖い人と思っていた。実はとても真面目な人だとわかって、これからは普通に話せるようになるかもしれないと期待していた。

なのに、噂のせいで近づくのも憚《はばか》られるようになってしまった。

……そもそも一度ダンスしたくらいで恋愛関係だとか言われたら、世の中恋人だらけよね。

アニア自身は普段から恋愛小説を書いているくらいだし、日常生活で見かけた恋人たちの会話を想像したりとか、物語の登場人物の恋愛模様をあれこれ妄想《もうそう》したりくらいはするけれど、現実では勝手な噂を流したりはしない。

人の心なんてふわふわと形が整いにくいものだから。形になる前に騒がれて壊れることだってあるかもしれないもの。

無責任に騒ぎ立てて人の心をかき回すようなことはしたくなかった。

リシャールが不機嫌なのは、アニアを巻き込んだことが大きいのかもしれない。責任感が強そうな彼のこと、アニアが思う以上に気にしているのだろう。

だからなるべく穏やかに答えた。そんなにこの人に心配をかけさせるわけにはいかないから。

「……でも、そうした噂が行き交うのはきっと平和な証拠ですわね」

リシャールは金褐色の鋭い瞳をアニアに向けて、わずかに首を傾《かし》げた。

「ずいぶんと達観したようなことを言う。まるで年長者のようだな」

「まあ。王女殿下からも同じ事を言われましたわ。正真正銘《しょうしんしょうめい》十六歳ですのに」

アニアは亡くなった祖父の記憶を見ることがある。そのせいか、所々考え方も影響されているのかもしれない。大人びているのではなく老成した人のようだ、とよく言われる。

リシャールは宥《なだ》めるように手のひらをこちらに向けた。

「気にしていたのならすまない。それにしても、平和な証拠か。そう言ってもらえると少し楽になる。いろいろ迷惑をかけてしまったようだからな」

リシャールがダンスに誘ってくれたことはアニアにとっては一生の記念だと感謝しているのに、ここまで心配されてしまうと申し訳なくて、アニアは明るく答えた。

「迷惑だなんて。王宮の舞踏会で王太子殿下と踊っていただけたなんて、それこそ物語のお姫様になったような気持ちでしたわ。それはもう、わたしがお婆《ばあ》さんになっても自慢話にできるほどです。あんまり何度も自慢しすぎて子や孫から『それもう百万回くらい聞いた』と言われるくらいまで何度も語りつづけるでしょう」

それにこっそり小説のネタにしようかとも考えているから、リシャールに対して悪い気持ちは何一つない。だから謝ってもらう必要なんてない。

「百万回か……それは子孫《こまご》にとってはいい迷惑だな」

リシャールは穏やかな表情になってふっと口元に笑みを浮かべた。

その柔らかな表情にアニアは少し安心した。

……殿下もくつろいでいただけたかしら。眉間《みけん》の皺《しわ》がこれ以上増えないようにもっともっと笑っていていただきたいわ。

舞踏会での出来事はこの先アニアが王宮から下がっても歳を取ってもずっと自慢しつづけるだろうと思う。

そしてそのころにはこの方は立派な国王になって、隣には聡明で美しい妃が並んでいるに違いない。きっと……この美しい庭を二人で……。

そこまで考えてから、唐突に頭の中が真っ白になる。

……何故かしら。全然想像がつかない。前にもこんなことなかった？　いくらこの方が女性と歩いているところを見たことがないからって……普段あんなに有り余っている妄想力が役に立たないなんて。

想像できてもできなくても、きっと近いうちにその光景を見ることになるだろう。

リシャールがただ一人の相手として大切に迎えるのだから、その妃はきっと幸せな人に違いない。

お幸せに決まっているんだから、当然すぎて別にわたしが想像するほどのことじゃないわ。

そうよね。……それでいいんだわ。

アニアがリシャールの顔を見つめたままでいると、不思議そうに問いかけられた。

「……どうかしたのか？」

「あ、いえ。失礼しました」

アニアは慌てて首を横に振った。

「きっと、殿下の誠意もいつか周りの方々に伝わりますわ」

アニアは内心の動揺を振り切るように何とか笑いかけた。

ふと、リシャールが思い出したように問いかけてきた。

「そういえば、そなたは今、ジョルジュに求婚されていると聞いたが、あれから何事もなかったのか？　無体な真似をされていないか？」

リザと同じような質問をされてうっかり笑ってしまいそうになった。メルキュール公爵ジョルジュという人は女性関係においてよほど信用されていないらしい。

「いいえ。お話を何度かいたしました。それだけですわ」

「ジョルジュはそなたの祖父のことを何か言ってこなかったか？」

「……祖父に興味がおありなのは存知上げています」

ジョルジュはどうやらアニアの祖父について知りたいことがあるらしい。それがアニアに求婚してきた理由のようだった。

そもそも二十年前に亡くなった祖父のことを十六歳のアニアが知っているはずもない。それなのにどうしてアニアに近づいてきたのか。

ジョルジュと祖父の間に何かわだかまりがあったのだろうか。祖父が王宮にいた頃はジョルジュはまだ幼子だったはずなのに。

リシャールは言葉を選ぶかのように少し間を置いて語り始めた。

「……オレとジョルジュのうち一人を公爵家の養子にする時、父上はどちらを選ぶかでかなり迷ったらしい。その時に進言したのがそなたの祖父エドゥアールだったという話だ。事実かどうかは知らない。父上は選んだ理由は何もおっしゃらなかった」

アニアは驚いた。そんなところで祖父の名前がでてくるとは思わなかった。けれど、先々代のクシー伯爵エドゥアールは当時宰相を務めていた。詳《くわ》しい事情を知っている人物であったことは間違いない。

「それでは、ジョルジュ様はご自分が養子に出されたいきさつがお知りになりたいのですか？」

「おそらくそうだろう」

それで初対面からものすごい勢いで声をかけていらしたのね。

納得がいった。訳のわからない下心で心にもないお世辞を言う男性よりも遙《はる》かにわかりやすい。

「でも、ジョルジュ様はわたしが祖父の記憶を見ていることをご存じなのでしょうか？」

アニアは祖父の記憶を見ることができる。けれど、すべてではないし、そのことを知っているのは一握りの人間だけだ。

リシャールは難しい顔をしながら答えた。

「……いや。おそらく三ヵ月前の謀叛《むほん》騒ぎの時のことを調べたのだろうな。ジョルジュはエドゥアールの日記か何かが残っていて、それをそなたが持っていると思っているのだ」

彼にとってはずっと気になっていた情報。それをアニアが持っているかもしれないと思ったのだろう。

そういえば、リザ様はお二人とも互いに負い目を抱いているのだとおっしゃっていたけれど、それなら、この人もそれを知りたいとお考えなのかしら。

「確かに。そう考えるのが普通ですね。……殿下もそのいきさつがお知りになりたいですか?」

リシャールはそうだな、と微笑《ほほえ》んだ。そのまま目線を王宮に向ける。

「子供の頃なら知りたいと思っただろう。何が起こったのかわからなくて、何故なのかと毎日のように侍従に問いかけて困らせていたからな」

「……殿下?」

リシャールはそのまま遠くを見つめてぽつぽつと話し始めた。

「四歳の誕生日だったか。あの頃は父上が即位したばかりでお忙しくて、まだエリザベトは生まれていなかった。その日突然、大人たちにジョルジュと引き離された。晩餐《ばんさん》の時の席も式典の時の並ぶ場所も別にされた。そして、ジョルジュは公の場でオレのことを『殿下』と呼ぶようになった。ジョルジュがいきなり遠くに行ってしまったような気がした。どうしてジョルジュだけがいきなり家族ではなくなってしまったのかと、納得できなかった。自分の周りの大人たちは、ジョルジュは公爵家を継ぐのだからオレは立派な国王にならなくてはならないのだと口を揃《そろ》えて言う。知りたいのはそんなことではなかったのに」

淡々とした口調なのに、幼いリシャールの困惑が目に浮かぶ。きっと彼は弟を奪われたと思ったのだろう。そしてその理由を満足に説明してもらえなかった。

「だが、騒いだり暴れたり一通りやってみてもどうにもならないから諦めた」

「暴れたんですの？」

リシャールはふっと口元に笑みを浮かべて、アニアを見た。

「暴れたぞ。まあ、子供のやることだからたかが知れている。歴代国王の肖像画に落書きした時はさすがに叱《しか》られた。あの頃オレたちを子供扱《あつか》いせずに誰かがきちんと説明してくれれば、少しは気持ちが楽だったか、とは思う」

一緒に育った兄弟が突然ある日臣下《しんか》になってしまう。話すこともままならなくなったら確かにつらいだろうし、納得できないだろう。まして、当時彼らはまだ幼子だったのだから。

ジョルジュの方もいきなりリシャールを敬《うやま》うように言われて、戸惑《とまど》ったに違いない。

アニアは想像しただけで胸が痛くなった。

今は普通に接していらっしゃるけど、それは事情を理解したからなのね。

国境の要所を守る領主であるメルキュール公爵家を断絶させるわけにはいかないから必要なことだったと言われても、人の心はそんなに簡単ではない。

大人の都合で引き離された双子《ふたご》はどちらも心に傷を負ったままなのだろうか。

「だが、今は事情をわきまえている。すでに後戻りはできない。オレがしなくてはならないことは何も変わらない。オレはジョルジュのためにも王位継承者としてふさわしくあらねばならんだけのことだ」

アニアはそれを聞いてリザが言っていた負い目の正体がわかった気がした。

この人が必要以上に自分を厳しく律しているのは、きっとジョルジュの存在が原因だ。

リシャールは王家に残った自分は王太子として完璧《かんぺき》でなくてはならないと思い込んだのかもしれない。そうしなければ養子に出された弟に申し訳がないと。

だからこそ、周りの人々からの評価も高いのだろう。自分を抑えて彼らの期待を裏切らないように振る舞ってきているから。

……じゃあ、この方のほんとうの望みは何かしら？

周りの期待通りに振る舞っているこの方自身は、何を望んでいらっしゃるの？

感情までも抑えて王太子にふさわしくあろうとすることで、自分の望みを押し隠しているように見える。

リシャールは立ちあがると立て掛けていた剣を手に取る。

「そろそろ戻った方が良さそうだ。つまらぬ昔話を聞かせてしまったな。アナスタジア。そなたならジョルジュが養子に出されたいきさつを本当に知る日が来るかもしれない」

「もしそうでも、ジョルジュ様には信じていただけない気がしますわ」

アニアが祖父の記憶をたどることができると知っているのは国王とリシャール、そしてリザとティムだけだ。国外にいたジョルジュは知らない。

「そうだな。あいつは見かけは父上に似ているが、理屈っぽいところがある。ジョルジュに話すかどうかはそなたが決めていい」

「……わたしの一存で構わないのですか？」

「そなたのことは信頼している。エリザベトがあれほど認めているのだからな」

信頼……。

その言葉でアニアは安心した。

自分のような田舎貴族がリシャールのお気に入りだのと騒がれていては、もう二度と関わりたくないと言われてもしかたないところなのに。

お怒りにならないどころか、こうして散策に連れ出してくださったり、信頼していると言っていただけるなんて。それだけで十分だわ。

これほど下々に気を配ってくださる王太子はどこにもいないに違いない。

「気をつけて戻るのだぞ。また花瓶が降ってくるかもしれぬからな」

リシャールはそう言って、それでも建物の近くまではアニアに付き添ってくれた。

「散策にお付き合いくださってありがとうございました」

立ち去る大きな背中を見送りながら、アニアは深々と一礼した。

ジョルジュは自分が王家を出されたことを心の中で引きずっている。そしてリシャールも自分が王家に残されたことでジョルジュに負い目を感じている。

大人の手で引き離された双子はお互いに対して複雑な感情を今も残しているように見えた。

もし祖父の記憶からそのことが読み取れたら、少しは何かが変わるかしら。

はっきりさせた方がいいのかもしれないけれど、今まで耳にした祖父の印象だとすごい適当な理由かもしれない。場合によっては話さない方がよかったりして。

もしわかったとしても……内容次第にした方がよさそうだわ。

アニアはそう決意した。

＊　＊　＊

「おお。王女殿下。わざわざ足を運んでいただいて恐縮でございます」

リザとアニアが部屋に入ると、机に向かって書き物をしていたポワレはひょいと立ちあがった。彼の後ろには二人の兵士が立っている。

二人が通されたのは宰相の執務室だった。

ポワレは職務を解かれているとはいえ、最低限の書類仕事をするためにここで監視されつつ過ごしていると聞いていた。

リザは思った以上に元気そうなその姿を見て、軽く眉を寄せた。

ポワレ宰相にかけられている容疑は、公文書偽造と国庫金の横領、そして謀叛を企《たくら》むアルディリア派への資金援助。どれか一つだったとしても罷免《ひめん》されても文句は言えない。

……もう少し弱っているかと想像していたのだが。

アニアの話では奥方がかなり心配していたというのに、こやつは気落ちしている様子もないではないか。

隣にいたアニアも似たような感想なのか、戸惑ったように口元に手をやっている。

ポワレの妻はアニアの祖父の養女で、その縁を頼ってアニアに夫の弁護を頼んできた。リザはその手助けをするつもりで協力を申し出た。

そして宰相との面会が決まって意気揚々《ようよう》とやってきたのだが、部屋の中よりも周囲に警備の数が多かったのを見てポワレの置かれている立場に疑問を抱いた。

一体誰のための兵なのだ？　監視というよりまるでポワレを外部から守っているようだ。これは、父上のお考えだろうか。

シリル・ポワレはクシー伯爵領の地主階級出身で、頭脳優秀と評判だったことから当時のクシー伯爵エドゥアールに見いだされた。特別推薦《すいせん》で大学に通い、後にエドゥアールの部下となった。歳格好はリザの父ユベール二世より少し年上だと聞いているので四十代後半くらいだ。見た目は丸々としていて歩く酒樽《さかだる》のような風貌《ふうぼう》で、のほほんとした表情もあって甘く見られがちだが見かけ通りではないことをリザは知っていた。

父上のような奔放《ほんぽう》な思考の持ち主にも飄々《ひょうひょう》とついていくくらいだから、こやつがただ者のはずがない。それに、今まで揚《あ》げ足《あし》を取ろうと頑張ってきた貴族たちも追い落とせなかったたくらいだから相当のやり手なのだろう。

……だから此度《こたび》のことは解《げ》せぬのだ。

ひとまず机の両側にいた兵士たちにリザは命じた。

「ここはよい。そなたたちは外で控《ひか》えておれ」

人払いを終えると、リザはポワレに目を向けた。

「疲れてはおらぬか？」

「大丈夫です。王女殿下にご心配いただくなど畏《おそ》れ多いことで……」

「気にするな。そなたがいないと王宮の空気が悪いのでな」

リザはそう言ってポワレが座っていた椅子に座り込んだ。

どいつもこいつもすでにポワレが更迭《こうてつ》されると決まったかのように後釜《あとがま》が誰になるかとそわそわしている。少なくともそんなことで仕事に身が入らない者が出世できるはずもないというのに。雑念と憶測が入り乱れていて、本当に空気が悪くて困る。

「すでに聞いておるだろうが、そなたの弁護をクシー女伯爵と私が引き受けることになった。他に引き受ける奴がいるかと思っていたのだが、意外に人望がないな、おぬしは」

リザが手厳しく指摘すると、ポワレは大げさに胸を押さえる。

「酷《ひど》いことをおっしゃいますな。……ならばなおさら、私など庇《かば》ってお二人のお立場は大丈夫なのですか」

「庇うのではない、弁護だ。それに私が変わり者の王女だということは誰でも知っておるし、アニアは私の女官だ。他の誰がクビにできるというのだ」

「なるほど」

ポワレは笑いながらそう言って今度はアニアに向き直った。

「正直あなた様がおいでになるとは思いもしませんでした。クシー女伯爵様」

リザはポワレがアニアのことをどう考えているのか尋ねたことはなかった。義理とはいえアニアが親戚《しんせき》だというのも全く知らなかった。

今まで王宮で会うことがあっても、個人的な会話はなかったとアニアは言っていた。それは彼の妻をクシー家から追い出したのがアニアの祖母と父だったからなのだろう。

「……ディアーヌ様にお会いしました。恥ずかしながらあなたがディアーヌ様の夫だとは存知上げなくて申し訳ありません」

アニアは真っ直《ます》ぐにポワレの視線を捕らえてそう告げた。

ポワレはふっと柔らかく目を細めた。

「なるほど。妻があなたに依頼したのですか。では、なんなりとお答えいたしましょう」

「そなた、わざと疑われているだろう？　どういうつもりだ？」

リザは挑発するつもりで腕組みをして問いかけた。多少強気に出てもこの男は怯《ひる》むことはないだろう。

案の定、ポワレはわざとらしく目を丸くしてリザを見た。

「何をいきなり。滅相《めっそう》もございません」

「文書庫の引き出しを抜いたら奥に隠し扉があった。すり替えられる前の帳簿がそこに置いてあったぞ。つまりそなたはすり替えに気づいて、さらに元の帳簿も見つけた上でそこに隠しておいた。違うのか?」

今度は表情が変わらなかった。それでリザは確信を抱いた。

「何のことですかな?」

ここに来る前に、リザはアニアにあの隠し扉のことを詳しく尋《たず》ねていた。小説に書くくらいだから何か他にも知っているかと。

そうしたら、アニアは即答した。あの引き出しには昔、彼女の祖父がポワレに内密に渡す書類を入れていたと。

「あれは元々祖父が私的に使っていたもので、祖父が王宮を出るときにあなたに引き継ぐ文書を入れていた。当時祖父の後任は対立しているランド伯爵に決まっていた。だから、後任に引き継ぐことができない案件を部下のあなたに渡したのではないか、と思うのですけど……?」

アニアはそう言ってポワレに目を向ける。少し不安げなのは、彼女は祖父の記憶を現実だと言い切ることに迷いがあるからだろう。

けれど、ポワレはそれを聞いて、ふらりと後ずさりしてそのまま床にへたりこんだ。強《こわ》ばった顔でアニアとリザを見上げてきた。

「……なぜそれをご存じなのですか」

どうやらアニアの指摘は当たっていたらしい。彼女はその引き出しの中の書類をまだ若かったポワレが真剣な表情で受け取っていたと言っていた。

そんな重要なことに使われた引き出しのことをうかつに他言はしないだろう。だから、あれはポワレしか知らない隠し場所だったのだとリザは考えた。

つまり本物の帳簿はポワレが隠したのだ。自分が疑われているのもわかっていて、どうしてそんなことをしたのか理解できない。

ポワレは愚鈍《ぐどん》な男ではない。だからこそ、本当のことを聞き出すためにはアニアの知る情報を突きつけて主導権を取ろうとリザは考えた。

「教えて欲しければ洗いざらい白状するんだな」

リザが机を手のひらで叩いて言うと、アニアが心配そうに耳打ちしてきた。

「リザ様、それでは弁護になってませんわ」

「だが、こやつが本当のことを言わねば、弁護もできぬだろうが」

「それはそうですが、なんだかお気の毒で」

アニアは困ったような顔でそう言うと、宰相の前に身をかがめた。

「宰相閣下。わたしでは力不足かもしれませんが、本心から何かお力になりたいと思っています。教えてください。どうして帳簿のすり替えが行われていることに気づいていたのに、そのままにしておいたのですか。そして、なぜ元の帳簿を隠したりしたのですか？」

ポワレはじっとアニアの顔を見つめて、それから溜め息をついた。

「あなたはお祖父様《じい》に本当によく似ていらっしゃる。その目を向けられては隠し立てなどできませんな。やれやれ……」

ゆっくりと立ちあがると、ポワレは決意したように何度か頷いた。リザたちの前に向き直ると深く一礼する。

「謹《つつし》んで申し上げます。確かに私は帳簿のすり替えが行われていて、それが私を狙ったものだとわかっておりました。放置しておいたのは、その責任を理由に宰相を辞めるつもりだったからです。部下たちは優秀だからわざと帳簿を崩して置いておけばきっとすり替えにすぐに気づくだろうとわくわくして待っていたのに、王女殿下の方が早く見つけるとは思いませんでした。まったく不甲斐《ふがい》ない部下ばかりで……」

「そんなややこしいことをしなくても、素直に辞表を書けばよかろう」

放っておくと部下への愚痴《ぐち》になりそうな展開にリザが呆《あき》れていると、ポワレはいつもの調子で笑う。

「それはもちろん、理由を聞かれたくないからです。だからすっぱり罷免していただきたかった。陛下にはそう申し上げました。そうしたら、陛下はそんなに辞めたいなら辞めさせてやるからもうちょい粘ってくれ、と仰《おお》せになりました。それで時間稼《かせ》ぎに元の帳簿をあの引き出しに隠しました」

「……粘れ？」

リザはアニアと顔を見合わせた。つまり事態を長引かせろということなのか。

ポワレが帳簿を隠したのは父上の指示だったのか？

「まあ、犯人はあまり賢くはなかったようですな。文書庫からは持ち出せなかったのでしょう。元の帳簿は他の文書の奥に別の棚板を立てて雑に隠してありましたから。今頃驚いているでしょう。帳簿がごっそりなくなって」

ポワレはすっかり開き直ったようにいつも通りのとぼけた表情に戻っている。

「すり替えた者に心あたりは？」

「紙といい書式といい、かなり精巧《せいこう》なニセモノでした。なかなかいい仕事です。私が定期的に送金していたことまで知っていたのですから、おそらく私の部下の中にいるでしょう。見つけて褒《ほ》めてやりたいくらいです」

褒めてどうする。リザは呆れながらさらに問いかけた。

「……それでは送金先について黙っていたのも時間稼ぎのためか」

「まあ、その通りですね。ただ、陛下は私がお金を送っていたことをご存じだったのですから、厳密《げんみつ》には黙秘というわけではありません」

欺《だま》された。やはり父上は全部知っていたのではないか。この調子なら裁判が行われるかどうかさえ怪しいものだ。それなのに黙っていたのは、アニアが首を突っ込んできたからなのか？　それとも単に裏があるのか？

リザは怒りを逃がすように大きく息を吐いた。

「……それで？　誰に金を送っていた？」

「それは私の一存では申し上げかねます」

ポワレはしれっとした表情で答える。

全く狡猾《こうかつ》な親父どもめ。アニアの祖父が穴熊なら、彼らはさしずめ抜け目のない狐だろうか。老獪《ろうかい》な狐に勝つためには、まだこちらには手駒が足りない。

リザがそう思っていると、不意にアニアが顔を上げた。

「先の国王陛下の御子《おこ》を見守っていらしたのでしょう？」

ぽつりと呟いてからアニアは自分の言葉に驚いたように口元を手で覆《おお》った。

「あ、いえ、そんな気がしただけで。あの引き出しに入っていた文書は女性の名前が書かれていて……何かの名簿のように見えたので……」

ポワレはぽかんと口を開けて、今度こそ彫像のように動かなくなった。よほど驚いたのだろう。引き出しのことは状況からいくらか推察できる。けれど、その中身を当時まだ生まれてもいなかったアニアが見ていたはずがないのだ。

リザはそれを見て苦笑いを浮かべるしかなかった。どうやら図星らしい。

まったくアニアの頭の中はいったいどういう構造になっているのか。面白すぎるだろう。

「どうだ？　アニアの言うとおりだろう？」

ポワレに問いかけると、彫像状態からやっと人に戻って諦めたような表情で頷いた。

「……そのとおりです。エドゥアール様からジョルジュ四世陛下と関わりがあった女性とその子供の名簿をお預かりしておりました。彼らの生活が不自由ないか見守るようにと。いずれも女性の身分が低く、子供を庶子《しょし》として認められるよりも市井《しせい》で静かに暮らすことを選んだ方々です。下手に名前を公開して悪事に巻き込まれることも避けなくてはならないから、内密に事を運ぶようにと。ほとんどの方はすでに成人して働いていますが、お一人だけは病気を患《わずら》っていたので、匿名《とくめい》で生活費と医療費を送っていたのです。ですが、そのかいなく、三ヵ月前に亡くなられました」

「三ヵ月前……？」

「そうです。病院の記録や実際の医療費の記載も残っています。だからアルディリア支持者などには銅貨一枚だって送ってはおりません。私は陛下のご命令どおりもうちょっと粘っているだけのことでございます」

どうやらアルディリアと通じているという疑惑についてはきちんと証拠を整えてあるらしい。

つまりいつでも濡《ぬ》れ衣《ぎぬ》を晴らす準備はしているということか。

では父上は何か他に思惑《おもわく》があって、疑惑を解明するためにポワレを仕事から遠ざけたのか。

「ところで王女殿下。クシー女伯爵様。約束通りお答えをいただきたい。どうして秘密にしていたあの引き出しをご存じだったのか。そして私の送金先のことも……」

ポワレはリザを真っ直ぐに見つめていた。

どう説明すればいいのか。アニア自身も祖父の記憶を見ることができる理由がわかっていない。まして死んだ人間の記憶を受け継ぐなどと言われても納得するだろうか。

アニアが小さく首を傾げた。ちらりとリザを見てからポワレに告げる。

「あの引き出しのことも送金のことも、祖父が関わったことでしょう？　信じていただけないかもしれませんけれど、わたしは祖父の記憶の一部をどうやら受け継いでいるみたいなんです」

「……エドゥアール様の記憶を？」

ポワレはぽかんと口を開けたまま固まった。

「時々、見たこともない光景が頭に浮かぶんです。そのことを王女殿下にお話ししていたら、どうやらそれは祖父の時代の様子だとお聞きして」

アニアは話を合わせて欲しいという様子でリザに目配せしてきた。小説のネタにしていたとはさすがに言えなかったのだろう。

アニアが自分から記憶のことを話すのは意外だったが、エドゥアールと縁のあったポワレを誤魔化すことはしたくなかったのかもしれない。

「そういうことだ。だから文書庫を見に行ったときに引き出しの奥に隠し扉があるのかもしれんと思ったのだ。だが、これはくれぐれも内緒だぞ？　父上とリシャール兄上くらいしか知らぬ秘密だからな？」

リザがそう説明すると、ポワレは納得した様子で大きく何度も頷いてから不満げに顔をしかめた。

「……そうだったのですか。それで納得いたしました。陛下が最近妙に楽しそうなので気になっていたのです。そんな面白い話を内緒になさるなど、陛下もお人が悪い。教えてくださってもよろしいでしょうに」

あっさり信じたな。さすがにエドゥアールが見いだした男と言うべきか。

ポワレは死者の記憶を受け継いだという突拍子《とっぴょうし》もない話への動揺よりも、今までそれを教えてもらえなかった不満が大きいらしい。

面白いと言われたアニアは戸惑ったような顔をしていた。ポワレはそんなアニアに向き直って深々と一礼する。

「クシー女伯爵様。ご存じのようにあなたの父君はエドゥアール様や私の妻とは折り合いが悪かったので、ご迷惑をおかけしたくなくて今までお話ができませんでした。もっと早くお話をするべきでした」

そこまで一気に言うとひょいと顔を上げた。いたずらっ子のような表情で満面の笑みを浮かべる。

「これで安心して宰相の職を辞することができます」

「どうしてそんなに辞めたいのだ？　別になんの失態もしていないだろう？」

リザは不思議に思った。ポワレは貴族たちが欲しがっている宰相の座をあっさりと手放そうとしている。

彼は今まで権力を振りかざすこともなく淡々と堅実にその職務を果たしてきた。国王にとっては得がたい人材だったはずだ。

「実は三ヵ月前に辞めようと思っていたのです。ですが、舞踏会での謀叛騒ぎがあって事後処理が終わってから、と思い直したのです」

アニアがふと顔を上げた。

「もしかして、送金していた方が亡くなったからですか？」

ポワレはやんわりと微笑んだ。

「元々私が宰相を続けてきたのも先王陛下の御子を見守るという、エドゥアール様との約束があったからこそです。平民出の私にはいささか光栄すぎるお役目でした。この先は故郷に戻って静かに暮らしたいと思っております。幸い部下たちは優秀な者揃い、誰が宰相になっても上手《うま》くやってくれるはずです」

リザはそれを聞いてエドゥアール・ド・クシーという男が残したものの大きさを感じていた。

先代国王の寵臣として仕《つか》えたが、次の治世を見届けることもなく亡くなった人物だとしか知らずにいた。アニアに会うまでは。

けれど、考えてみればリザの父が即位するために尽力したのも、先の継承戦争の終戦のお膳《ぜん》立《だ》てをしたのもあの男だった。

さらに、王宮を辞するとき、優秀な部下であるポワレを残して行った。簡単に辞められないように先王の庶子たちを見守るという任務を与えて。

……そして、ポワレが庶子たちの成人を見届けたら辞めようとするのを見越したかのように、アニアが王宮に上がってきたのは偶然なのか?

亡くなってもこれほど影響をのこしている人物というのはそうそういないだろう。

「それは賛成しかねますわ」

アニアがはっきりとポワレを見て告げた。

「祖父のようにわざと汚名を被《かぶ》って辞めることはなさらないでください。今回の件は全力で無罪を勝ち取りましょう。引退なさるのはそれからでも構わないでしょう?」

「まあ、それもそうだな。わざわざ罷免されなくても、今回の件はそなたに非はないだろう。辞めるなら堂々と辞めろ」

リザが言い放つと、ポワレは声を上げて笑った。

「堂々と……ですか。なるほど。それも面白い」

それから不意に声を低くして告げてきた。

「陛下は私が監視下に置かれている間に、先日の謀叛に加担した残党をあぶり出すつもりです。まだアルディリア支持者に資金を与えている輩がいるのです」

リザは平静を装って頷いた。

ランド伯爵はアルディリアに亡命している王弟を迎えるために舞踏会の席で謀叛を起こすことを狙っていた。けれど、アニアとリザがそれを察知したので彼らは十分な兵力を舞踏会に送り込むことができなかった。頼りにしていたアルディリア兵たちも押さえられてしまったので失敗に終わった。

謀叛に加担した者たちの多くは実力主義で役職を与える国王に不満を抱いていたらしい。かなりの人数がいたはずだが、結局捕らえられたのは一部に過ぎなかった。

彼らはいつ自分たちに調査の手が及《およ》ぶかと恐れている。だから人々の目が宰相の一件に向いている間に証拠隠滅《いんめつ》なり保身に走るだろう。

それとも、父上のことだからそう仕向けるように何か仕掛けているのかもしれない。

リザはそう納得して頷いた。

「まあいい。とりあえず知りたいことは聞けた。弁護のことは私たちに任せておけ」

どうやら当面の最善はポワレの調査を長引かせることらしい。そうなると自分たちの行動は調査を行っているという建前にすぎない。この先裁判が行われることがあれば弁護役をすることなるかもしれないが、それも名目でしかない。

……父上がポワレを処分する気がないのなら、単なる道化ではないか。面白くもない。

リザは立ちあがるとアニアを促《うなが》して部屋を出た。


三ヵ月前のランド伯爵事件の時、同調する者は紫色の宝石を身につけることにしていたが、警備が厳しくなって状況が悪くなると見て彼らはあっさり宝石を隠して逃げたのだ。

確かにそれは将来の火種になりかねない。誰が関わっていたか調べ上げる必要はあるだろう。

それをあぶり出すために宰相の不祥事を利用していたとは。知らされていなかったことに納得がいかなくて、リザはポワレとの面会からの帰りにあれこれと考えを巡《めぐ》らせた。

普段あまり政治のことに口出しはしないようにしているが、自分が関わったことくらいはきちんと知っておきたい。だが父は狐のように狡猾だし、兄は一度決めたら岩のように頑固ときた。

書物ならば開けば何でも教えてくれるが、彼らはそうはいかない。

「父上と兄上、どちらが簡単だと思う？」

廊下を早足で歩きながらリザは問いかけた。アニアが目を丸くした。

「……もしかして、先ほどのことをお尋ねになるのですか？　さすがにそれは難しいのではないでしょうか。おそらくは秘密で進めていることでしょうし」

アニアもそれが気になってはいたのだろう。彼女は知らされなかったことに腹を立てるよりも、それは自分がまだ知ることではないと考えたらしい。

アニアの言葉はもっともだ。アルディリア派の貴族たちは今は分が悪いので表向きには口を閉ざしている。それを調べ上げるのは難しいだろう。よけいなことをすれば台無しになるかもしれない。それでも。

父上は私たちがポワレからどこまで聞き出せるか試そうとしていたような気がする。私が見つけた帳簿の差し替えもただの時間稼ぎに利用されただけだ。ポワレの弁護をすると張り切っていたのに、道化扱いされたようで面白いはずがない。

「私はな、自分の周りにあずかり知らぬことがあるのが気に入らんのだ」

「確かにわたしも思いますけれど、陛下も王太子殿下もお忙しい身ですし。それにわたしどもが危ないことに首を突っ込もうとするかもしれないと、なおさら教えてくださらないかもしれませんわ」

アニアの言うことはもっともだと思う。だが、気分が治まらない。

どうしてくれようとリザが考えているところへ、前方から歩いてくる人物がいた。向こうもこちらに気づいて手を振ってきている。

リザはやれやれと息を吐いた。

「……気持ちが塞《ふさ》いでいると面白くない幻覚を見るものなのか。あそこにジョルジュ兄上が見えるのだが」

「残念ながら幻覚ではありませんわ」

アニアが苦笑いを浮かべている。

「やあ。二人揃ってどこにお出かけかな？　お散歩かい？」

いつも通りの軽薄な笑みを浮かべて、メルキュール公爵ジョルジュは早足で近づいてきた。今まさにリザの不機嫌の原因である父と似た面差しがよけいに苛立《いらだ》ちを誘う。

「ジョルジュ兄上、お暇《ひま》でいらっしゃるようですね」

「まあね。実際暇だよ。色々と返事を待っているだけだから」

そう言いながらアニアに意味ありげな目線を送る。アニアが動揺したのを見てリザは腕組みをして兄を睨《にら》んだ。

「兄上。アニアを困らせるのはやめていただきたいのですが」

「えー？　僕が悪いの？」

ジョルジュはヘラヘラと笑いながら、大げさに肩をすくめる。

この人が実の兄だということは物心ついた頃にリザは聞かされていた。だが、笑っていても内心違うことを考えていたり、言葉に裏があったりと信用ならない人だということも同時に感じ取っていた。

「何かねえ、昔からリザは僕にだけ風あたりが強いような気がするんだけど？」

「そうお思いになるのは何か後ろめたいことがあるからではありませんか?」

「酷っ。こんな純真無垢《むく》な男を捕まえてそれはないでしょ」

「自分で純真無垢という人は大概《たいがい》純真無垢ではないものですよ、兄上」

この人は昔から本心を絶対見せない。そのくせ人の心を操るようなことをする。

今もリザが苛立っているのを面白がっている。

そんなものに乗せられている場合ではないのだとリザは何とか怒りを抑えた。

「ところで、お二人さん。これからお茶でも一緒にどう? いい茶葉があるんだよ」

おそらく誘いたいのはアニアだろう。どうやらこの人は彼女に興味津々《しんしん》の様子だった。

その勢いにアニアが困った顔をしているのに気づいた。

ジョルジュはアニアに絶賛求婚中で、お茶を口実に返事を催促されるのではないかと思っているのかもしれない。

だから、リザはわざとらしく大きく頷いた。

「おお、そうだ。アニアはこれから約束があるのだったな。行っても構わないぞ。兄上のお守りは私一人で十分だ」

先ほどポワレと会う前に、アニアはティムと会う約束があるのだと言っていた。

ティムことマルク伯爵ティモティ・ド・バルトは彼女の従兄《いとこ》だ。

彼はアニアが趣味で書いた小説を業者に頼んで製本している。王太子の側近として多忙な中そんなことまでやっているのだから、従妹《いとこ》に対してとにかく甘い。

その製本ができあがったのを受け取りに行くらしい。ならばジョルジュとのお茶会よりそちらに行きたいはずだ。

ただ、アニアの立場からすれば地位が上の公爵相手の誘いを断るのは口にはしにくい。

だから、主であるリザがアニアを下がらせれば文句は言えない。

「それでよろしいですね？　兄上」

「そうかー。残念だね」

「はい。申し訳ございませんが、またの機会に」

アニアは一礼して下がっていった。

ジョルジュは軽い調子で手を振っていたが、彼女の姿が見えなくなるとリザに不満そうな顔を向けてきた。

「そんなに予防線張らなくても無理強《じ》いはしないよ？　彼女の小説の話とか聞きたかったんだけどなー」

「やめてください。アニアはあの小説のことは私と従兄しか知らないと思っているのですから」

リザははっきりと抗議した。

彼女が趣味で書いている小説はリザとティムだけしか中身を知らない、ということになっている。あくまで表向きは。

実はリザの兄リシャールはかなり前からその小説を熱心に読んでいたらしい。今も続きを催《さい》促《そく》してくる熱中ぶりだ。

そんなことを彼女に知らせたらとんでもないことになる。

彼女が書いているのは美男子の貴公子が愛する女性を助けるために奔走《ほんそう》するという恋愛小説だ。アニアいわく、妄想の限りを詰め込んだもので、その上登場人物にリシャールの名前を拝借していたりする。

それを本人に読まれたと知れば、おそらく混乱して大騒ぎするだろう。不敬罪《ふけいざい》で捕まるとか言い出しそうだ。

「あれ？　そうなの？　けど、陛下もご存じだったみたいだけど」

「え？」

「リシャールがすごく熱心に読んでいたから、聞きだしたらしいよ」

リザは耳を疑った。

知らないうちに彼女の小説が父上にまで渡っているなんて。そんなことをアニアに言えるわけがない。どんなことになるか予想もつかない。

「そうかそうか。それじゃ頑張って内緒にしとかないといけないなあ」

ジョルジュが面白いおもちゃを見つけたような顔でにやにやと笑う。

「兄上。もし兄上がそれを言いふらしたせいでアニアが続きを書けなくなったら、相当な恨《うら》みを買いますよ？　すくなくとも私とマルク伯爵とリシャール兄上からは確定です」

ジョルジュはそれを聞いて大げさに震え上がるような仕草を見せる。

「怖い怖い。リシャールはともかくマルク伯爵はこの国でも指折りの怒らせてはいけない男らしいからな」

リザはそれを聞いて不思議に思った。

リシャールはジョルジュに対してあまり強気には出ないとはいえ、怒らせればそれなりに迫力があると思う。なのに、どうしてティムの方が怖いというのか。

ティムは従妹のアニアを過保護なくらい心配している温厚な男だ。本気で怒ったところなど見た覚えがない。だが、優しいだけの男に王太子の側近が務まるはずもないので、違う一面を持っているのかもしれない。

……まあ、あの男もアニアと同じ穴熊エドゥアールの孫だからな。

「とにかく、お茶にしようか。たまには可愛《かわい》い妹とゆっくり語らいたいね」

「しかたありませんね。昼食まででしたらつきあってさしあげましょう」

リザは肩を竦《すく》めて微笑んだ。

ジョルジュはメルキュール公爵という立場にあるが、出自が王子ということもあって、王宮内に立派な部屋を与えられている。王族の住まいに近い彼の部屋はやたらに派手なゴテゴテとした装飾や金色の調度が揃っていた。基本的に今の国王が簡素を好むのでこの部屋だけが異質に思える。

そういえばアニアがこの人をリザの祖父で女好きな上に派手好きだったジョルジュ四世に似ていると言っていた。

リザは運ばれてきたお茶を口にしながらそんなことを思い出していた。

「……お茶の趣味は悪くはないのですね」

ぽつりとそう呟くと、ジョルジュが声を上げて笑った。

「いやいやいや、それってさりげなくそれ以外悪趣味って言ってるよね？」

「否定はしませんが」

「まあ、いいんだけどね。ある意味家族の中で僕を一番理解してるのはリザじゃないかって思うよ」

リザはすっと目を細めた。

両親もリシャールもジョルジュに対しては負い目があるのかもしれない。

けれどリザはジョルジュが実の兄だと聞かされたときに、この自由奔放《ほんぽう》な人が王太子でなくて良かったと思った。

「確かに。私は兄上が不幸だと思ったことはありませんから」

「だよね。僕はリシャールみたいに真面目で優秀な王太子にはなれない。今の地位が気楽でいいんだけどね。同情してご婦人方が集まってくるっていう利点もあるし」

ジョルジュはそう言って笑う。

その心境に至るまでは気楽ではなかったかもしれないが、リザの知る限りこの人は自分のことを不幸だと思ってはいないし、自分の人生を楽しんでいるように見える。

「だったらそのご婦人方から奥方を選べばよろしいのではないですか」

ジョルジュはお茶を満足げに味わいながら口元をほころばせた。

「何故かみんな蜘蛛《くも》をどうにかしてくださいませって言うんだよ。でも蜘蛛を見て悲鳴を上げるようなご婦人じゃ、うちの公爵夫人は務まらないんだよねえ」

蜘蛛、か。メルキュール公爵家にはその言葉がつきまとう。先代公爵は蜘蛛の蒐集家《しゅうしゅうか》だし、公爵家の紋章にも蜘蛛があしらわれている。

その意味を知るのはごくわずかだが。

「いっそリザがうちを継いでくれないかなー。女伯爵がいるんなら女公爵がいてもいいじゃないか」

ジョルジュはへらへらと底の見えない笑みを浮かべている。

「残念ですが、私はメルキュール公爵家を継ぐほどの変態の域にはまだまだ達していませんから」

「待ってそれ、僕のこと変態だと言ってない？　公爵になる資格に変態ってないからね？」

「まあ、他の家ならそうでしょうね」

リザは素《そ》っ気《け》なく答えてカップを手に取った。

メルキュール公爵家というのは不思議な家柄《いえがら》で、代々の当主に跡取りがいなかった事例が何度もあった。実は先代公爵も先々代の養子だった。妾腹《しょうふく》の子や傍系《ぼうけい》王族の子から優秀な者を送り込んできた経緯《けいい》がある。

あまりに代々変人や変態当主が続きすぎるから『変態公爵家』と陰口を言われているが、漠然と世襲にならなかったことで無能な当主はいない。

「兄上はどこまでご存じなのですか？　宰相の件を」

リザはふとこの兄が今の状況をどう見ているのか知りたくなった。

「ポワレ？　あの男に会ってたのかい？　そういえば弁護するんだっけ。ポワレが謹慎《きんしん》になってから貴族たちが宰相の座が空《あ》くって大喜びしているみたいだねえ。まあ、ぬか喜びに終わるだろうけど。これに乗じて先日の謀叛未遂《みすい》の後始末やってるんでしょ？　浮かれてる連中から真意を引き出そうってことなのかな」

つらつらと楽しそうに答えるジョルジュを見て、リザは溜め息をついた。

知っているではないか。やはり食えぬお人だ。

しばらく国を離れていてもこの人は抜け目なく情報を集めていたらしい。そもそもメルキュール公爵家は代々陰で王家を支える立場にある。この人も自分の役割に忠実なところはもう一

人の兄リシャールと似ているのかもしれない。

「まあ、あの謀叛騒ぎもどうなんだろうねえ。実際アルディリアにいるあの人を本気で迎え入れたいってほどの者はそう多くはないと思うよ。もう二十年も経《た》っているし」

あの人、というのはリザの父の異母弟ルイ・シャルル。王位争いに敗れて隣国に身を寄せているが、本人はまだ諦めてはいないらしい。けれど彼の支持者たちはかなり減ってしまっているはずだ。

「……ではわずかにでも強硬な者がまだいるということですね」

ジョルジュはよくできました、と言わんばかりに口元に笑みを浮かべる。

「そういうこと。でもまあ、これ以上は話せないんだよね。捜査中の情報をリザに話すなってリシャールに釘《くぎ》刺されてるから。謀叛騒ぎの解決にリザたちが関わっていたことを彼らが知っていたら恨みを買っている可能性もあるから……だそうだよ」

リザはそれを聞いて、やはり故意に何も知らされなかったのだと少し落胆《らくたん》した。

「それならそうと最初に話してくだされよろしかったのです。父上も兄上も私に何も知らせようとはなさらない。確かに私は政治にはあまり深くは関わっていませんから非力ですけれど、非力と無知は違います」

いずれ政略結婚でどこぞに嫁《とつ》ぐ身だから、内政には関わらずにいたけれど、それでも無知でいいとは思っていない。

今回の件もちゃんと話してくれれば、軽はずみな行動に出たりはしない。……多分しないはずだ。

ジョルジュは困ったような笑みで答えた。

「いくら隠し事をしてもそれに気づくくらいリザは優秀なんだよねえ。本当にもったいないなあ」

「言っておきますけど、いくら褒めても公爵家は継ぎませんからね」

リザはそう言ってジョルジュの部屋を後にした。

扉を開けたとき、風もないのにふわりとカーテンが揺らいだように見えた。まるでそこに誰かがいたかのように。

リザの目線に気づいてか、ジョルジュは笑みを深くして、また後でね、と微笑んだ。

5

アニアはポワレ宰相《さいしょう》との面会の後、ティムとの待ち合わせ場所に向かっていた。

今日の昼食は王族全員が揃《そろ》って摂《と》る予定なので、リザの身支度《みじたく》を手伝わなくてはならない。国王夫妻は予定が合えば家族で食事を供《とも》にしたいと希望しているので、これも大事な行事の一つだ。

どうして食事のたびにわざわざ着飾って出向かねばならないのかとおっしゃるかしら。

そのような時間があれば本が読めるではないかと言い出すリザを説得するのもアニアの役目だった。だから早めに戻らなくては。

そんなことを考えながらも気持ちは浮き立っていた。

今朝、ティムが製本業者に頼んでいた本ができたと教えてくれた。

彼はきちんと本の形にしたほうがいいと言って、アニアの作品がある程度まとまったら製本してくれる。確かに本になると、何だか立派に思えて嬉しくなる。

どんな風に仕上がったか楽しみだわ。それに、リザ様にも早くお見せしたい。

そう思いながら足を速める。

けれど、階段を下りきったところで、横合いから延びてきた手がアニアを捕らえた。

逃れようとしたところで、何か薬を嗅《か》がされて、そのまま意識が遠のいた。


話し声が聞こえる。

アニアは一瞬自分が何をしていたのか思い出せなくて、何度か頭を横に振った。

……あれ？　わたし、どこかに行こうとしていたのに……。そうだわ、ティムに会うつもりだった。だけど……。

少しずつ頭の中の霧が晴れるように現実に戻ってきた。

長椅子に座らされている。床や壁の調度からしても、王宮の中の空《あ》き部屋だろうか。動こうとして両手首と両足首を縛《しば》られていることに気づく。

どうしてこんなことになっているの？

顔を上げると、目の前に地味な色合いの服を纏《まと》った、ほっそりした黒髪の男性が立っていた。

背後には数人の男を従えている。

そうだわ。この人だったんだわ。

意識を失う直前に視界に入った相手の腕。上着の袖口《そでぐち》に施《ほどこ》された刺繍《ししゅう》に見覚えがあった。

パクレット子爵ユルバン。ポワレ宰相の部下で、次期宰相とも噂《うわさ》されている優秀な人物。そしてこの人もアニアに求婚してきた。結局アニアの方から断ったけれど。

「手荒なことをして申し訳ありません。そのまましばしお待ちいただきたい」

ユルバンはそう言って両手両足を縛られて動けないアニアを見おろしてきた。

こんなことをしておいて、普段どおりの落ち着いた様子に見えるのが薄気味悪い。

「これはどういうことですの？」

どうしてこの人が自分にこんなことをするのかわからない。

求婚を断った腹いせ？　そんな無意味なことをしてどうなるというの。

ユルバンは淡々とした様子で語りかけてきた。

「本当に残念です。私は本気で宰相になるつもりでした。爵位目当てで強引に子爵家を継いだ愚《おろ》かな父と、家名で人を貶《おとし》める愚かな連中を見返すために。それはもういろいろと努力してきたんです」

……宰相になるつもりでした？

リシャールはポワレ宰相が更迭《こうてつ》されたらユルバンが後任になる可能性が高いと言っていた。まだポワレの処遇は決まっていない。なのにこの人が宰相になるのをすでに諦《あきら》めたように言うのが奇妙に思えて、アニアは眉《まゆ》を寄せた。

表向きはポワレはまだ監視状態で近く罷免《ひめん》されるのではないかと周りは噂している状況だ。結論が出ているわけでもないのに。

……それに、この言い方だと自分が宰相になるために何か細工をしたみたいに聞こえる。それが失敗した、ということなら……つまり。

「あなたが宰相閣下《かっか》を陥《おとしい》れたことが露見《ろけん》しそうになっているからですか？」

そう問いかけたらユルバンは目を見開いた。

「あなたはどうやら思った以上に事情をご存じのようだ。さすがにクシー伯爵エドゥアールの血筋と言うべきか。やはり甘く見てはいけなかったのですね」

アニアは気づいていたわけではない、状況から推理しただけだ。

この人は本来なら宰相になれる立場だ。まだ何一つ決まっていないのにそれができなくなると考えるのは、この人がポワレを陥れた当人だから。

王太子殿下が行っている調査に気づいたのかもしれない。自分の立場が危ういことを知ってこんな行動に出たのかしら。

けれど、放っておいてもいずれ宰相になれるのに、わざわざポワレを陥れるような真似をしたのかは理解できない。それに、アニアに危害を与える理由もわからない。

「お世辞は結構ですわ。どうしてあなたがこのようなことをなさるのですか？」

「……元はといえばランド伯爵の件がきっかけです」

「ランド伯爵の？」

「私は家名でとやかく言われないように、すべての貴族たちに上手《うま》く取り入ってやろうと考えていました。ランド伯爵が私の経営している宝石商に大口の注文をしてきた時も喜んで応じました。ただ、不審に思うべきだったのです。反アルディリア派のランド伯爵がどうして紫の宝石を注文してきたのか」

謀叛《むほん》を起こそうとして処罰されたランド伯爵は仲間に紫色の宝石を身につけさせた。かつて第四王子ルイ・シャルルを支持したアルディリア派の貴族たちが先代国王が好んだ紫の宝石のブローチを正統性の根拠《こんきょ》にしていたことから、それは彼らの結束の象徴《しょうちょう》であったから。

そうやってランド伯爵は表では反アルディリア派だと振る舞いながらアルディリア派の貴族たちとも繋《つな》がっていたのだ。

「あの宝石をあなたの家が商っていらしたの？」

「ええ。父の代からやっていた事業なのです。突然店の方に王太子殿下から紫の石を購入した者のお問い合わせがあったと言われて、それでランド伯爵が王家を裏切ろうとしていたことに気づいたのです。当然殿下には協力しました。だからあの事件でも私が疑われることはなかった。けれど、アルディリア派の残党たちはその事実をもとに私を脅迫《きょうはく》してきたのです」

アニアはユルバンの表情をじっと観察していた。怜悧《れいり》で穏やかな文官という印象のどこか奥底にほの暗い闇《やみ》があるような気がした。

「脅《おど》されて協力したということですの？」

「そうです。実際に彼らに資金を与えているとなると、事が明らかになれば逃げようがありません。……だから帳簿をすり替えて宰相がその送金をしていたかのように細工をしたんです。他の騒ぎで時間を稼《かせ》ぐために。王女殿下が気づいてくださったので騒ぎが大きくなったのでなかなか上手くいったと思っていたのですが。どうやら時間を稼いでいたのは、私だけではなかったようですね。簡単に隠したはずの元の帳簿がいつまで経っても発見されないのでおかしいとは思っていたのです」

「すぐに見つかるところに隠すなんて優秀な宰相補佐様にしてはずいぶんお甘いのではなくて？」

アニアが皮肉のつもりで言うと、ユルバンは真剣な顔で首を横に振る。

「いやいや、すべてきちんとやっていたら私の仕業《しわざ》だとすぐに知られてしまうでしょう」

たしかに、精巧なニセモノの帳簿を作った割に隠し方が雑だったり、つじつま合わせが適当だったりと、奇妙だとアニアも思っていた。

……この人、自分が賢いから疑われないために馬鹿なふりをしたつもりだったのね。

本当の馬鹿な人ならそもそも文書庫に出入りできるわけがないって思わなかったのかしら。

賢すぎる人って思いつくことが突飛すぎるわ……。

ユルバンはアニアが呆《あき》れ果てているとは思いもしていないようだった。

「どうやら、他の方々が宰相閣下が罷免されるかもしれないと大喜びしている裏で、王太子殿下が陣頭《じんとう》に立ってランド伯爵事件の関係者を捜査していたようですね。私が金を送った連中もいずれ捕まって、私の名を持ち出すかもしれないのです」

この人の言っていることはどこまでがほんとうなのかしら。

不都合な事実が明らかにされそうだからって、自分の上司を陥れるの？　そんなややこしい真似をしなくても、本当に裏切っているわけでないのなら自分で弁明すればいいのではないのかしら？

アニアがそう思ったのに気づいたようにユルバンは苦悩の表情で顔を歪《ゆが》めた。

「おっしゃりたいことはわかります。ただ、私の家名には裏切り者の汚名がつきまとっている。正直に言ったところで信じてはもらえないでしょう。たしかに宰相閣下を巻き込んだことは申し訳なく思っています」

この人は裏切り者の家系だと言われ続けたから、そう思い込んでしまったのだろうか。言っても誰も信じてくれないと。

噂話というものの厄介《やっかい》さはアニア自身も身をもって経験している。この人はずっとそれを聞かされつづけていたのだろう。たとえ形を持たない言葉であっても場合によっては毒薬にも刃《やいば》にもなる。

……この人は人を信用できなくなっていたのかしら。

だからといって罪のないポワレ宰相を陥れる理由にはならない。

「あなたが家名のことで苦労なさっているのは存じていますわ。けれど、巻き込まれた宰相閣下のことを思えば同情はできません」

「……あなたならわかってくださると思ったのですが。あなたの祖父もかつてあらぬ疑いをかけられて王宮を追われたのでしょう？」

一緒にしないでほしい。

確かに祖父は彼を妬《ねた》んだ貴族たちに隣国と通じているという噂を立てられた。けれど、当時祖父は国王に命じられて隣国と内密の交渉中で、それを表沙汰《おもてざた》にできなかった。だから真相を隠したまま宰相を罷免された形で王宮を去った。

「おっしゃるとおり、祖父は疑われて王宮を追われましたけれど、信じてくださる方がいらしたのも事実ですわ。今でも私に祖父のことで声をかけてくださる方もいらっしゃるくらいです。それは祖父が人に恥じる行いをしていなかったからだと思います。あなたも正直に話せば疑いを晴らすことはできるのではないのですか？　陛下ならわかってくださいますわ。今まであなたが真面目《まじめ》に務めていらしたことだって評価してくださるはずです」

現国王ユベール二世は穏やかな人に見えるけれど、決して愚鈍《ぐどん》ではない。

そして無慈悲でもない。謀叛を企《たくら》んでいたランド伯爵や彼に同調した貴族たちも処罰《しょばつ》は受けても死罪になった者はいない。

ほんとうにユルバンが脅されて金を渡しただけならば大きな処罰はないだろう。

そもそも、アニアが知るかぎり皆この人は優秀だと言っていた。それなりの仕事をしてきたからこそだろう。だったらちゃんと言えば信じてもらえるのではないのだろうか。

「なかなかこざかしいことをおっしゃる。けれどもう手遅れです」

ユルバンはアニアの言葉を鼻先で笑い飛ばした。

……あれ？

アニアは奇妙なことに気づいた。自分に都合の悪いことが発覚しないよう時間を稼ぐとしたら、この人がやろうとしていたのは証拠隠滅《いんめつ》だ。それが手遅れ？

まさか……。

アニアは動揺を気づかれないように相手を見据《みす》えた。

「つまり……時間を稼いでも証拠をすべて消せなかったということですわね」

アニアの問いに相手は動揺したように眉をつり上げた。けれどアニアの手を縛った紐《ひも》を見て、自分がまだ優位だと思い出したように口元に笑みを作る。

「実はアルディリア派の連中がついに捕らえられたのです。私の名前が出るのも時間の問題だ。こうなる前に彼らを黙らせるつもりだったのですが、口封じが間に合わなかったようで」

口封じ。つまり宰相の疑惑で皆が騒いでいる間に自分に関わったアルディリア派の残党を殺すつもりだったのか。

……そんなことまでして保身に努めたいのかしら。けれど、本当に自分の立場を証明したいなら、人を殺してまで証拠を隠滅するかしら？

まだこの人は手の内をすべて見せてはいない気がした。

そもそも都合の悪いことがバレそうだからといって、わたしを誘拐してどうするの？

アニアを人質に取ったって伯爵家は借金はあっても身代金を払うお金はない。逃走資金にもならないだろう。

「それで、あなたはこれからどうなさるおつもりですの？　こんなことをしてはよけいに罪が重くなるだけではありませんか？」

「さすがに謀叛がらみで当家の名前が出るのは二度目ですから、もうこの国に残ることはできません。だからアルディリアに亡命することにしました。あなたも一緒に行っていただきます」

アルディリアへ？　アニアは耳を疑った。

「なぜわたしを？」

「なんでもアルディリアのソニア女王があなたに興味を持っているとか。アルディリアにいらっしゃる殿下に恥をかかせたそうですね」

アニアはその殿下が誰のことなのか一瞬迷った。そもそもアルディリアの女王はつい最近即位したばかりで、どうして興味を持たれるのかも理解できない。

「殿下……ってルイ・シャルル殿下のことですか？」

国王ユベール二世の腹違いの弟で、亡命先からこの国に戻る機会を窺《うかが》っている。今でも野心を捨ててはいない印象があった。

三ヵ月前の謀叛騒ぎのとき、こっそりアルディリアの使節に紛《まぎ》れ込《こ》んで帰国していたのでアニアも会ったことがある。

「あのお方はまだ根に持ってるんですの？　大人げないですわ」

アニアは彼らの重要な企みを偶然立ち聞きしたときに、とっさにアルディリア語がわからないふりをして逃げたのだ。それを欺《だま》されたと今でも根に持っているとは思わなかった。

思ったより粘着質な方だったのね。でも、そうだとしても女王陛下にまでそんな格好の悪いことを報告したりするかしら。

それを聞いてユルバンは驚いた顔をした。

「おや。半信半疑でしたが本当なのですね。それならばいい手土産になりそうだ」

足音が近づいてきた。入ってきたのは大きな衣装箱を持った数人の男たち。

「あなたが小柄な女性で助かりました。運びやすくていい」

悪かったわね。背が低いのは誘拐されやすくするためじゃないわ。

アニアは身じろぎして抵抗したけれど、口に布を嚙まされて衣装箱に押し込められてしまう。

冗談じゃないわ。人を手土産にして亡命しようだなんて。どこまで自分本位なの。

せめてもの抵抗に相手を睨《にら》みつけたが、全く動じた様子もなかった。

そのまま箱の蓋《ふた》が降ろされて、アニアは暗闇《くらやみ》の中に閉じ込められた。

……何とか逃げ出さないと。

このままではアルディリアに連れて行かれてしまう。どういう目に遭《あ》うか想像もできないけれど、ろくなことにはならないだろう。

この事態を誰かに知らせることはできないだろうか。せめてそのくらいは。

考えを巡《めぐ》らせながらアニアは周囲の気配に耳をすませた。

＊　＊　＊

「……パクレット子爵がアルディリア派？　そんなことがあるのですか」

リザは昼食のあとでリシャールに呼び止められた。今日は珍しくジョルジュも加えて王族全員が食事の席に揃っていた。

リシャールはすでにアルディリア派の貴族たちの調査はほぼ終わっていると説明してくれた。けれど、謀叛との関わりが判明して捕縛《ほばく》した者がパクレット子爵も関係者だと告げたために彼を拘束《こうそく》する予定だという。さらに彼には帳簿差し替えの容疑もかけられている。

どうしていきなり説明してくれる気になったのかとリザがリシャールの顔をじっと見つめていると、彼は諦めたように溜め息をついた。

「ジョルジュから聞いたんだ。今回の件の裏側に二人が気づいていると。どうせ言っても言わなくても首を突っ込むんだろう？」

「さすが兄上。よくご存じですこと」

どうやらジョルジュが口添えをしてくれたらしい。放っておいた方が首を突っ込む可能性が高いとでも言ったのかもしれない。

「宰相が定期的に誰かに送金していたことを知っているのは彼の直属の部下くらいだ。だから元々あの男も容疑者の一人だった。裏付けもほぼ取れている。これから身柄をおさえることになっている。だからもう終わりだ」

パクレット子爵家は元々はアルディリア派だ。二十年前真っ先に第四王子を支持したことで知られている。結局頼みの第四王子は王位継承争いに敗れ、当主一家は命を落とした。後に内乱に関わらなかった傍系《ぼうけい》の者が家督《かとく》を継いだ。今の当主ユルバンはその息子だ。

そのいきさつから何かと裏切り者だの謀反人だのと言われて苦労をしていたと聞いていたので、保身のためにもアルディリア派と関わることはしないと思っていた。

「捕まった腹いせに苦し紛れにでまかせを言ったということはないのですか。胡散臭《うさんくさ》い男ですが、仕事ぶりは真面目でしたし……なによりあのお粗末な帳簿差し替えは……」

そう言いかけてから、リザは違和感の正体に気づいた。

ポワレが見事と言うほどのニセモノの帳簿を作っていたこと、差し替えた中身の不整合さと、元の帳簿の隠し方が雑だったこと。何もかもバラバラでちぐはぐなのだ。

それは故意に完璧《かんぺき》から遠ざけて、自分への容疑をそらそうとしていたからではないのか。

……なるほど。そういうことか。

けれどまだわからないことがある。

「それにしても、あやつは毎日仕事に来ているようでしたが……アルディリアと通じていたというのなら、自分に疑惑が向く前に逃げる準備をしているのではないですか？」

「逃げる？　領地と家を放り出して？」

リシャールが眉を寄せて不快そうに問い返してきた。

ああ、なるほど。この兄にとってはそうだろう。

王族として育ったリシャールなら、自分の民と土地を放り出して逃げ出すのはありえないことだ。貴族たちも領民を預かっているという責任があるのだから立場は同様だろう。

だが、今のパクレット子爵は先代までは商人だった。だから貴族としての自覚は弱いのではないか。機を見て危ういと思えばさっさと財産を抱《かか》えて逃げるだろう。

彼ほどの優秀さならば、自分に捜査の手が及《およ》んでいるのも気づいていたのではないだろうか。

なのにどうして普段通りに王宮に通って来ていたのか。

……何かを狙《ねら》っていたのだろうか。

「リザの言う通りだよ。そもそもランド伯爵の謀叛に加担しておいて危ないからって逃げた奴《ヤツ》なんだから、追い詰められれば保身のために領地など放っていくだろうね」

唐突に会話に割り込んできたのはジョルジュだった。

「残念だねえ。せっかく宰相補佐にまで上り詰めたのに」

リシャールは鋭い目をさらに光らせてジョルジュを睨む。

「まさかと思うが陰で何かやってないだろうな？」

「嫌だなあ。そんなこと言われたら逆に期待に応《こた》えたくなるじゃないか」

ジョルジュはヘラヘラと笑う。リザはそれを見ながら、相変わらず面倒くさい兄だと思った。

ジョルジュはふと思い出したように顔を上げた。

「ああ、だけど急いだ方がいいかもしれないな。さっき、パクレット子爵家の馬車がすごい勢いで王宮を出て行ったそうだよ。大きな衣装箱をいくつも載せて」

「監視に気づかれたか。ならばすぐに街道を……」

リシャールが言いかけると、ジョルジュがあっさりと答えた。

「大丈夫。すでにうちの領地には国境封鎖《ふうさ》するように早馬を出した。隣のシェーヌ侯爵にもね」

メルキュール公爵領は東のアルディリア国境に広がっている。ジョルジュはその当主だ。彼の命令一つでアルディリアとの国境の大半は封鎖できる。

そして、シェーヌ侯爵領はパクレット子爵領に隣接した北東部国境にある。もしパクレット子爵が領地から国境に向かうなら必ず通らなくてはならない。

すでにそこまで指示を済ませているとは、さすがに仕事が速い。

「……ところで、アナスタジアはここに来ていないのかい？」

ジョルジュが唐突に問いかけてきた。

「さっきマルク伯爵が探していたから。約束をしていたのに現れないし、部屋にもいないそうだよ。何かあったのかな？」

「……いない？」

リザは不吉な予感に襲われた。アニアはティムと会う予定があると言っていた。けれど昼食の前、リザの身支度をする時間にも戻って来なかった。おそらく用が長引いているのだろうと、リザは気にしていなかったが、よく考えればそれも妙だ。

ティムとの約束まで反故《ほご》にしてどこに行ったというのか。

アニアは簡単に約束を破りはしない。守れないならばなんとかして連絡だけでもするだろう。ましてや相手は彼女にとって一番親しい肉親のティムだ。

リザの頭の中によぎったのは、たった今ジョルジュが意味ありげに口にした言葉だった。

「衣装箱……」

リザが思わず呟くと、リシャールが拳《こぶし》を握りしめた。

「まさか。彼女を攫《さら》っていったというのか？　なぜ……？」

「たとえば王太子のお気に入りだから逃亡のための人質として使うつもりだとか？　それとも、もしかしたらアレかなあ」

ぽつりとジョルジュが呟いた。

「ラウルスからこっちに来る時に宿場で耳にしたんだ。アルディリアの女王がクシー伯爵に興味を持っているって」

リザはそれを聞いて思いだした。

「それはまさか、あの人の一件ですか?」

国王の異母弟、ルイ・シャルル。リザにとっては叔父に当たる人物だ。二十年前に王位争いに敗れてアルディリアに亡命中だが、いまだに王位を狙っているらしい。

ランド伯爵事件のとき、裏で動いていたのはあの人だった。だが、アニアの機転で彼の計画が露見して結局謀叛は失敗に終わった。そのことがソニア女王の耳に入ったのではないか。

「では、あの男、彼女を手土産にアルディリアに亡命するつもりですか」

パクレット子爵がアニアに近づいてきたのはそのためだったのか。

リザは動揺で手が震えそうになって、拳に力を込めた。

宰相の地位を狙う彼にとって元宰相の孫であるアニアはいい箔付《はくづ》けになる。それが求婚の狙いかと思っていた。王家の人間に気に入られているというのも彼の野心をそそったのだろう、と。

だが、妻に迎えておけば、いずれアルディリアの女王に取り入るのに使えると思っていたのか。

そんなくだらない理由なのか。アニアは真剣に悩んでいたのに。

リザはこみ上げてきた怒りを口にしようとしたが、自分よりも遙《はる》かに重い空気を漂《ただよ》わせている人物がすぐ側《そば》にいた。地の底から響くような声がはっきりと聞こえた。

「……許せん」

「兄上？　どちらへ行かれるのです？」

リシャールがいきなり部屋を出ようとしたので、リザは呼び止めた。

「まずはパクレット子爵の確保だ。どちらにせよ奴は捕らえねばならん。エリザベト、すまないが父上に事の次第を報告してくれ。念のために引き続き王宮内部でアナスタジアを探すよう手配していただくように」

「わかりました」

リザはそれ以上何も言えなかった。パクレット子爵探索《たんさく》において自分にできることはおそらくない。

くやしいけれど任せるしかない。

そこへ、ジョルジュがしれっとした顔で告げた。

「彼女に蜘蛛《くも》をつけている。すでに王宮を出ているが糸は手繰《たぐ》れるだろう。使うといい」

「それを早く言え。全部知っていたんだな？」

扉に手をかけて振り返ることもなく一気にそれだけ言うと、リシャールは飛び出して行った。

その姿から怒気が立ち上っているように見えたので、リザは声をかけられなかった。

「うわあ怖い怖い。久しぶりにあいつが本気で怒ってるのを見たな。これは後が怖いなあ」

ジョルジュは大げさに身震いしながらそう茶化すと、リザに問いかけてきた。

「あれでホントに彼女のことを特別に意識してないって言うのかい？　冗談だろう？」

「本気ですよ。鈍《にぶ》いにもほどがあるでしょう」

ジョルジュは呆れた様子でリシャールが出て行った扉を見た。

リザは握りしめた拳を胸に押し当てた。できることなら自分も追いかけていきたかった。

「それに私も怒ってます。アニアが攫われたのを知っていて平然としていたのですね」

リザが睨むと、ジョルジュは底の見えない笑みを浮かべる。

そうだった。……この人にとっては王家以外の者は守るべき対象ではないのだ。

元々メルキュール公爵家は王家を補佐する立場にあり、王家に仇《あだ》なす存在を監視したり排除することを行ってきた家柄だった。

高い情報収集能力を持つ《蜘蛛》と呼ばれる直属の諜報《ちょうほう》集団を持つことを許されている。

けれど、先代から家督を継いだ直後、ジョルジュは王家の役に立たなくてはならないという気負いからやり過ぎた行動に出てしまった。

王宮内に《蜘蛛》を放ち、国王に反逆を企てる者をあぶりだそうとした。そのために王宮内が疑心暗鬼になって混乱し、決闘騒ぎを起こすものまで現れた。

それを知った国王は王宮内の《蜘蛛》を撤収《てっしゅう》させ、先代公爵に指揮権《しきけん》を戻させた。そして、少し外の世界を見た方がいいと、ジョルジュにラウルス公国への留学を命じた。

まったく変わっていないではないか。

相変わらずこの人は王家を守るためには手段を選ばない。アニアに危険が迫っているとわかっていて、パクレット子爵が動きだすまで静観していたのだろう。彼女は王家の人間ではないから利用したのだ。

ジョルジュはパクレット子爵が疑わしいことを知っていたからこそ、彼が求婚していたアニアの側にも自分の密偵を置いていたのだ。だから彼女が攫われたこともすべて気づいていたはずだ。

「ごめんねー。あいつを告発するには証拠が足りなかったんだ。まさか本当に攫っていくとは思ってなかったよ」

「彼女に傷一つでもついていたら、兄上とは二度と口をききませんからね」

リザの怒りをものともせず、ジョルジュは困ったように眉を下げる。

「それは嫌だなあ。けど、そんなことにはさせないよ。彼女にはまだ聞きたいことがあるからね」

やんわりとそう答える時、ほんの少しだけ、ジョルジュは寂しそうに見えた。

けれど、すぐにいつもの表情に戻って微笑《ほほえ》む。

「さて、パクレット子爵の追跡はリシャールたちに任せて、僕たちは別の方法で奴を追い詰めようか?」

リザは驚いた。自分はここで待つしかできないのかと思っていたから。

「そんなことができるのですか？」

「もちろん。リザはそういうの好きだろう？」

にやりと笑うジョルジュに、リザは大きく頷いた。

自分にもできることがあるというのなら、この胡散臭《うさんくさ》い兄の言葉にでも従ってみせる。

「もちろんです。アニアを利用しようとする男に容赦《ようしゃ》する気はありません」

「いいねえ。さすがは我が妹だ」

そう言ってジョルジュはパチンと指を鳴らした。

空気にかすかに雑音が混じった気がした。人の気配を今まで感じなかったのに、音もなく窓の外に人が立っている。

「聞いていたな？　すぐにパクレット子爵の資産と家族を押さえろ。すべてだ」

ジョルジュの言葉が終わるとその気配はすぐに消えた。

「あれが……」

メルキュール公爵家が抱える《蜘蛛》か。リザは無意識に緊張していたことに気づいた。

その存在をはっきり感じたのは初めてだった。

公式には一切知られていない隠密の諜報集団《蜘蛛》。その全容を知るのはメルキュール公爵家の当主だけとされている。

先代公爵がお気に入りの蜘蛛の葬式を出したのは、実際は当時の《蜘蛛》の頭領を弔《とむら》うためだったとリザは聞かされていた。公にできない存在だから本来は葬式も行えない。だからああいう形にしたのだと。世間ではそこまで蜘蛛を愛していたのかと大いに誤解される結果になったが。

「いつの間にあれを手元に戻されたのですか」

平然と命令を下していたが、《蜘蛛》の指揮権は先代の公爵に戻されたはずだ。

「まあ、アルディリア周辺がきな臭《くさ》いから、一部だけは手元に置く許しをいただいてたんだよ。というか、僕のラウルス留学はそれを探る目的もあったからね」

ジョルジュはいつも通りののんびりした表情で頷いた。

「リザにはこういうとこあんまり見せたくなかったんだけどねえ。とりあえず、こっちは奴の手駒を潰《つぶ》して行こう。そうすればリシャールが動きやすくなるだろうね」

「パクレット子爵の家族というのは……？」

「ああ。知らなかったの？　あの男は一応独身だけど愛人がいてね、子供もいる。おそらく亡命を考えるのなら置いては行かないだろう」

「子供がいるのですか？」

「そうだよ。まあ、結婚は貴族の令嬢と……って思ってたんだろうね」

仕事はできるが打算的な男だと思っていたが、そんなことまで計算していたとは。

「……アニアは無事でしょうか」

パクレット子爵が逃亡にアニアを巻き込んでいるのなら、どんな目に遭わされるのかと不安がこみ上げてくる。

「大丈夫だよ。まださほど遠くへは行けないはずだ。それに彼女は強い女性だよ」

「そんなこと兄上に言われなくてもわかっています」

リザは意地になってそう答えた。ジョルジュよりもっとアニアのことはわかっているつもりだ。それでも、いくら気丈《きじょう》でも膂力《りょりょく》で男性に勝てるはずもない。

ジョルジュはそれを聞いてふわりと微笑んだ。

「君にそこまで心配する友人ができたのはいいことだよ。さて、国王陛下にご報告に行こうか。それから作戦を考えよう」

ジョルジュは穏やかにそう言った。

リザはその言葉に唇を引き結んだ。

この人は王家に仇なす人ではない。それだけは信用できる。

アニアを囮《おとり》に使ったのは許せないが、それでも自分の手の者をつけてくれていた。おそらくは彼女が王家に関わりのある人間だからだろう。

リザは頷いてジョルジュとともに父に会うべく歩き出した。

アニア。……どうか無事で戻ってきてくれ。

彼女とはまだまだ話したいことも聞きたいこともたくさんあるのだから。


リシャールはマルク伯爵ら直属の部下を率いて程なく王宮を出発した。

国王の執務室で、リザは地図を睨んでいた。

「陣頭指揮を執《と》るはずの人間が一番に飛び出して行くとはな」

国王ユベール二世はそう言いながらリザの向かい側に座り込んだ。

パクレット子爵の一行が出入りしていた部屋の近くでアニアの足取りは途絶えていた。ジョルジュの部下からもパクレット子爵が持ち出した衣装箱にアニアを入れて連れ出したとの報告が届いていたが、その後の連絡がないという。

リザは目で地図上の街道をなぞった。

どうして自分はこんな時に待つことしかできないのだ。

そう思うと腹が立つが、自分にできることをしなくてはならない。

王都から出る街道は大きく八本。パクレット子爵が本当に領地に向かっているならそろそろ捕まえられるはずだが、まだどこからも報告は入らない。

直接アルディリアとの国境に向かうにしても、子爵家の紋章がついた馬車ではすぐに見つけられる。東の国境を固めているのはジョルジュの領地だ。

地図上で街道をなぞるように指を這《は》わせているうちに、ふと気づいた。

「街道を押さえられることは想定済みではないでしょうか。陸路とは限らないのでは？」

部屋の主人はジョルジュと何か話し込んでいたが、その声にこちらへ顔を向けてきた。

「たしかにその通りだが、アルディリアには海はない。それにパクレット子爵領の港はすでに封鎖するよう手配している」

アルディリアは海に接していない。パクレット領の港からでは船を出したとしても、アルディリアの北にあるステルラ共和国に向かうことになる。

ステルラはアルディリアと折り合いが非常に悪い。ステルラからアルディリアに向かおうとすれば細かく荷物を検《あらた》められるだろう。だったら。

「いえ、北ではなく、南からラウルスを経由してもアルディリアに入れるではないですか。ポワン川を下る船に乗って南部の港からラウルスに入ればいい」

王都リールから南へ大きな川が流れている。そこから船で海まで下って港で外洋船に乗り換える。それを狙っているのではないか。

ラウルス公国は宗教の中心という立場を建前に、中立の立場を保っている。海路でアルディリアに物資を輸送するにはラウルスを通るしかない。ただし、通行料はちゃっかりと取られるだろう。

パクレット子爵家は元々商売を手広くやっている。そうした流通方法を心得ている可能性が高い。商人のふりをして荷物の中に人一人くらい紛れ込ませることは可能ではないか。

「南か。さすがに海に出られては困るな」

リザの言葉に出来のいい生徒を見る教師のように頷くと、父は微笑んだ。指を口元に宛《あ》てて考え込む仕草をする。

「ジョルジュ、リシャールはどこに向かった？」

リシャールは兵を連れて王宮を飛び出したが、それから連絡がない。けれど、彼にはジョルジュがつけた《蜘蛛》がいるはずだ。

「うちの手の者からはまだ連絡はありませんが、リザの言う通り陸路は封鎖済みなのですから……」

ジョルジュがそう言いながら、地図上の一点を指で示した。リザがまさしく予想していた場所。南部有数の港町。

ついこの間まではこの港町の領主はアルディリア派の強硬派の一人だった。今の領主は……。

「おそらくマルク伯爵領セリュール。ここに向かっているのではないかと」

「なぜわかる？」

「陸路よりも港をすぐさま封鎖する方が難しいでしょう。何よりマルク伯爵は最近叙爵《じょしゃく》されたばかりの新米当主。港の利権を掌握《しょうあく》できていないと読んでパクレット子爵が狙う可能性が高い。……それに双子《ふたご》ですから、何を考えているのか予想はつきます」

ジョルジュがはっきりとそう答えると、国王はそうか、と満足した様子で小さく頷いた。

6

水の底にいるような感覚の中で、アニアは一つの光景を目にしていた。

それは燭台《しょくだい》に照らされた室内。多分深夜だ。子供用のベッドに寝かされた二人の幼児を思い詰めたような硬い表情で見つめている人物。金色の髪と金褐色《きんかっしょく》の瞳の男性。その横顔に見覚えがあった。

……国王陛下？　ずいぶんとお若い。今の王太子殿下と変わらないくらいに見える。

アニアはその隣に立って言葉を待つように黙って控《ひか》えていた。正確にはその待っている人の中から光景を見ているようだった。

『一人をメルキュール公爵家の養子にするのは、父の生前から頼まれていた。あの家を断絶させるわけにはいかぬから、断るつもりはない。ただ、どちらを選べばよいのだ？　どちらを選んでも、遺恨《いこん》が残るのではないか？』

『それは当然ですな。一人は王位継承者、もう一人は臣下《しんか》になるのです。どちらもどうして自分が、と言い続けるでしょう。そして、あなた様もどうして……と思うことでしょう。ですからその遺恨、このエドゥアールめが引き受けましょう』

国王の不安を支えるようにはっきりとした口調で答えている。アニアはそれで誰の目線でこの光景を見ているのか理解した。

……お祖父《じい》様？

並べて寝かされている二人の幼児に目を向けた。一人は黒髪、もう一人は国王と同じ金色の髪。リシャールとジョルジュだ。

『ジョルジュ様をメルキュール公爵家に出されるのがよろしいでしょう』

『なぜそう言い切れる？』

国王は不機嫌そうに問いかけてきた。我が子を手離すことに気持ちが苛立《いらだ》っているのだろうか。それとも選べない自分を責めているのか。

『リシャール様はお妃《きさき》様に似ていらっしゃる。だから、手放せば父に似ていないから疎《うと》まれたのかとお心を悩ませることになるでしょう。外見はご本人の努力ではどうにもならぬことですから、その悩みは根深いでしょう。それに、リシャール様は陛下の次の御代《みよ》を継ぐ資質をお持ちです』

『どうしてそんなことがわかるのだ？　まだ幼いのだぞ』

確かに。幼い子供が将来どんな人に育つかなんて断言できるはずがないのに。

祖父エドゥアールの目線は真《ま》っ直《す》ぐに国王に向けられた。

『私はルイ・シャルル殿下ではなくあなたに王の資質を見いだした。そして今、あなた様の王座は揺るがぬものになりつつある。それでは証拠になりませぬか？』

それを聞いて、アニアは耳を疑った。どうして祖父がそんなことを言ってしまえるのかわからない。この選択で次の国王が決まるのだ。一国の未来がかかっているのに。

そういえばユベール二世を国王に推《お》したのはエドゥアールだった。

当初、エドゥアールは第四王子につくものと思われていた。第四王子の母であるアルディリア王女ベアトリスを先代国王の二人目の王妃に推薦《すいせん》したのはエドゥアールだったからだ。

けれど、エドゥアールは真っ先に第三王子であったユベールを支持し、王座につけた。

その結果を見れば宰相《さいしょう》がすべてを見越していたように国王には感じられたのかもしれない。

大きく溜め息をついた。

『……そうであったな。そなたは未来が見えるのか？』

若き国王は戸惑《とまど》ったような表情で問いかけた。

『まさか。ただ、ほんの少しあなた様より長生きしてよけいなことを知っているだけですよ』

エドゥアールはそう言って朗らかに笑う。

『戦争はもうすぐ終わります。あなた様がこの国の未来を選ぶお立場なのです。ただ、その責任をすべて負うことはないでしょう。時には臣下になすりつければよろしい』

……お祖父様はきっと二人のうちどちらを選んでも同じ結果になると思っていたのではない

かしら。

おそらくどちらを選んでも同じように国王は後悔するのだと。

それでもメルキュール公爵家は東の国境を守る重鎮《じゅうちん》であり、そこに信頼の置ける人物がいなくてはならないのだとわかっていたはずだ。

選べない国王に対して、根拠《こんきょ》のない自信を持ち出して背中を押したのかもしれない。そして自分が悪者になるつもりだったのだろう。

『もし遺恨が残れば、私を叩けばいいだけのことです』

そう答えたエドゥアールに国王は目を瞠《みは》る。おそらく彼の意図が通じたのだ。

『……すまぬな。そなたに甘えてしまっている』

『なんのなんの。あなたの父君に比べればたいしたことではございません。陛下はどっしり構えていらっしゃればいい。あなた様のなさりたいことで、この国の新しい形が決まることでしょう。それはこの国の幹たるあなた様にしかできないことなのです。臣下はそのために枝葉として根っことしてお支えするだけです。ですから、この先もしマズいことがあればぜんぶこの宰相のせいにして、さっさと切り捨てればよろしい』

まるで楽しむように重々しいことを口にする。

これは夢かしら？　それともまたお祖父様の記憶なのかしら。

先代国王を支え、今の国王の即位を助け、そしてそれを見届けてから亡くなった祖父は、こんな風に朗らかに笑う人だったのか。

国王はベッドに近づくとそっとジョルジュの金髪を撫《な》でた。

『……ではエドゥアール。ジョルジュをメルキュール公に。将来恨《うら》まれたら一緒に謝ってくれるか？』

『陛下に頭を下げさせたりはいたしませぬよ。その時はこの私めが床に頭を擦《す》り付《つ》ける勢いでお詫《わ》びいたしますとも。私はこのとおり陛下よりよっぽど地面と親しくしておりますからお任せください』

ふざけた口調でそう言いながら、エドゥアールは国王に跪《ひざまず》いたのだろう。視点が低くなる。

その約束は結局果たされることはなかった。この直後におそらくエドゥアール・ド・クシーは王宮を去り、そのまま病没《びょうぼつ》してしまったのだ。


格好いい人だったんだ。お祖父様は。穴熊だとか言われていたから、もっと不器用な人なのかと思っていた。

選ぶことを恐れない。間違うことを恐れない。そんな人だとは知らなかった。

ジョルジュはこの選択の結果で、どうして自分が養子に出されたのかずっと気にしていた。そして、エドゥアール・ド・クシーに対して執拗《しつよう》にこだわっていた。

リシャールは王家に残されたことで、ジョルジュに対して負い目を抱《いだ》き、立派な王太子にならなくては言い訳ができないと努力を重ねて、頑《かたく》なに周りの期待に応《こた》えようとしてきた。彼もまたこだわっているのだ。

……お祖父様が生きていたら、お二人に何を言っただろう。

気がつくと意識が現実に引き戻されていた。暗闇《くらやみ》の中だが、大きな揺れは感じない。けれど、どこかふわふわと地面に足がついていない気がする。

どのくらい時間が経《た》ったのだろう。

周囲の気配を探っていると、遠く何かの音楽が聞こえてきた。

王宮の楽士じゃない。むしろ辻《つじ》演奏のような明るく賑《にぎ》やかな演奏。だったら街の中？

このままアルディリアまでつれて行かれてしまうわけにはいかない。

箱には鍵《かぎ》がかけられている。縛《しば》られて口を塞《ふさ》がれていては助けを求めることもできない。

絶体絶命の危機などと小説の中には書いたことはあるけれど、自分がそうなりたかったわけではない。というより絶体絶命の状況になりたい人はいないだろう。

この衣装箱はかなり大きいし、人質にしているアニアが窒息《ちっそく》したりしないように上にものを置いたりはしていないはずだ。

だって、ソニア女王への手土産にするためには生かしておくはずだもの。それに荷が揺れたとき蓋《ふた》が音を立てていた。上に何か置いてあるなら音はしない。

アニアはそれを思い出して、考えを巡《めぐ》らせた。

鍵はついているが、この箱自体そんなに頑丈《がんじょう》なものではないはずだ。力をかければ壊せるかもしれない。そもそも中に暴れるようなものを入れる箱ではないのだ。

向こうはわたしのことをお上品な令嬢だと思っているかしら。だったら隙を突くことはできるかも。

今は周囲で人の動く物音がしない。馬車の車輪のような揺れがない。

多分、この箱が置かれているのは馬車の中じゃない。どこかの建物の中だ。

アニアは仰向《あおむ》けになって箱の蓋を両足で蹴った。

田舎《いなか》育ちの脚力を甘く見てもらったら困るわ。このくらいの箱壊してみせる。

さっき見た光景を話したい。国王陛下も悩んでいた。祖父はその決断を促《うなが》しただけだ。誰も双子《ふたご》のどちらかを疎《うと》んじたり、軽んじたりしたわけじゃない。

国王陛下はどちらも等しく愛していたし、大事に思っていたからこそ悩んでいた。

けれど、それを立場上口には出せなかったのだろう。国王たるものが選択に迷い、決めかねていたなどとは。

だからこそ、王太子殿下とジョルジュ様にあの光景をお話ししたい。それまでは諦《あきら》めるわけにはいかない。

何度も蹴っているうちに、ついに蓋の蝶番《ちょうつがい》が壊れる音がした。箱の蓋を押し上げて外を見たアニアは驚いた。

目の前に大きな柱、それを目で追うと一本の帆があった。

……船の上？

そこは川を緩《ゆる》やかに下っていく船の上のようだった。流れていく彼岸の景色には畑が広がっている。それで王都からかなり離れてしまったらしいと気づく。

おおよその時間予想と太陽の位置から、向かっている方角は南だと推測した。

つまり、これは王都から南に流れて海に繋《つな》がっているポワン川だろう。普段でも交易のための船が行き来しているのをよく見かける。荷物を積み込んで南部の港に運んでいく、さほど大きくない木造船だ。

……つまり、船でアルディリアに向かうつもりなんだわ。

王宮は今どうなっているだろう。

ティムとの約束の時間からかなり経っている。わたしがいないことに気づいてくれるかしら。でも、たとえ気づいても拐《かどわ》かされたとわかってもらえるかしら。

なんとかして自力で逃げ出せないかとアニアはそのまま蓋の隙間から周囲を見回す。見える範囲には人がいる様子はない。音楽が聞こえてきたのは船員たちが甲板で歌ったり踊ったりしているからだ。どうやら食事中らしい。

「川に飛び込むのが手っ取り早いけど、これでは泳げないわね……」

両手首を縛った紐《ひも》を見てアニアは呟いた。泳ぎは苦手ではないが、ドレスのままで両手両足を縛られた状態では泳げるはずもない。

まずは刃物を見つけてこの紐をなんとかしないと。そうしてふと、アニアは蓋の蝶番の金具の尖《とが》った部分に目を向けた。

これ、刃物の代わりにならないかしら。

地方で育ったおかげでこうした機転だけは利《き》く。おそらく逃亡を企《くわだ》てるからには、ユルバンがアルディリア派に関わっていることがバレるのは時間の問題なのだろう。

だったら、すでに追っ手がかかっているかもしれない。ならばまだ諦めるのは早い。

それに、このままアルディリアに運ばれるわけじゃない。この船は外洋船ではないから、海に出るための船に積み替えが行われるはずだ。

それまでに動けるように準備をしておこう。

自分でも驚くくらい冷静で、頭が冴《さ》えている。

自分の小説の中で主人公が苦境から脱出する状況を思い出しているせいかしら。それとも帰らなくてはならない理由があるからかもしれない。

気持ちは高揚《こうよう》している。怯《おび》えも迷いもアニアの頭の中から消え去っていた。

不意に大きな揺れが響いた。

何とか拘束《こうそく》を解くことに成功したアニアは衣装箱の中からそっと外を窺《うかが》った。船が川岸に近づいていた。川岸の桟橋《さんばし》には荷車が並んでいる。どうやらそこに停泊しようとしているらしい。

もしかして、目的地に着いたとか？

あまり南部には土地勘がないアニアだったが、ポワン川下流地域はマルク伯爵領だということは知っていた。

一番河口に近い場所にある宿場町セリュールは外洋船が停泊できる港があり、川を下ってきた荷物を外洋船に積み替える水上交通の要所だ。

海に接していないアルディリアには港がない。北隣のステルラ共和国とは断交状態で、南に接しているガルデーニャ王国とは戦争寸前の仲だ。唯一西に接しているラウルス公国とだけは交易を持つが、法外な通行料を支払わされているらしい。

陸路を使わないなら、ラウルス経由でアルディリアを目指すのが普通だろう。ユルバンは商才があると自称していたくらいだから通行料くらい払えるだろうし。

先代マルク伯爵は謀叛《むほん》に加担して爵位も領地も取り上げられた。今はアニアの従兄《いとこ》のティムがこの地の領主をしている。

けれど、まだ多くの役人は先代のころと替わっていないだろう。ラウルスを介してアルディリアとの交易があった商売の町ならば、ユルバンには居心地がいい場所かもしれない。

あの人がアルディリア派についた事情は聞いたが、同情する気にはなれなかった。

そして、あの人の言葉が自分の胸に響かなかった理由がわかった気がした。

ユルバンが自分のことを語るたびに、どこか嘘が混じっていると思った。

彼は自分の保身のためにポワレ宰相を陥《おとしい》れようとしていた。けれど、それが発覚しそうだから、アニアをアルディリアに連れて行こうとしている。

つまりはアニアに求婚してきたのもいずれ利用できると思ってのことだったのだろう。

よくよく考えたら、本気でわたしに求婚してくれている人なんていたのかしら。

アニアはそう思う。

ユルバンといい、ジョルジュといい、アニアの背後にある何かを求めている気がした。

もしリシャールのお気に入りという噂《うわさ》がなかったら、もしエドゥアールの孫娘でなかったら、多分求婚されることもなかっただろう。飛び抜けて美人でもないし、小柄《こがら》で見栄えもしない。

家だっていくらか改善したとはいえ、まだまだ借金を抱《かか》えた赤字伯爵家だし。

そんなことを思っていると気持ちが沈《しず》みそうになる。

「ああもう。それとこれとは話が別よ。しっかりしなさいアナスタジア。落ち込んでる場合じゃないわ。相手がどう考えていようと、黙って利用されるものですか」

アニアは自分の両頬を手のひらで叩きながら自分に言い聞かせるように呟く。

このままアルディリアに連れて行かれるわけにはいかない。今はそれを阻止《そし》するのが最重要事項だ。

「まだ書きたい小説の続きがあるし、リザ様にそれを読んでいただく約束だもの」

アニアはそう呟いた。自分を必要としてくれる人はいるのだから。凹《へこ》んでいる余裕はない。約束を守らなくては。

そんなことを考えている間にも川岸は近づいてくる。船に向かって駆け寄ってくる人々も見える。

どうやったら逃げられるだろう。誰が敵で味方なのかもわからない。けれど、逃げ出すなら積み荷を外洋船に載せる前しかない。さすがに船が外洋に出てしまうと逃げられない。

この船が停まる前に武器を探しておこうと、アニアは考えた。

どうやらユルバンは同じ船に乗っていないらしい。この船は荷運びに使われているようで船内は他にも大きな荷物が積み上げられている。

アニアは箱から出て、荷物の中から使えそうなものを集めた。

金属の燭台、短剣、棍棒《こんぼう》。それを抱えて箱の中に戻ろうとしてドレスの裾《すそ》をひっかけそうになって苦労した。

こういうとき、ドレスは邪魔だわ。誘拐されるってわかっていたらドレスなんて着ないのに。

そう思いながら箱の中から様子を窺う。

日が傾き始めているから、夜になって闇に紛《まぎ》れて逃げ出すのが一番いいかもしれない。

船が接岸したらしく、外で船員たちのかけ声が急に慌ただしくなった。

大きな足音がこちらに近づいてくる。積み荷を降ろすための作業が始まるらしい。船員たちの会話が聞こえてきた。共通語は訛《なま》りが強くて聞き取れないが、アルディリア語も混じっていたおかげで何とか内容がわかった。

この船の荷物は今夜中に積み替える。赤い衣装箱だけは宿に運ぶように？

アニアは衣装箱の蓋に目を向けた。確かにこの箱だけが赤い。他に積まれている衣装箱はすべて色がちがっていた。

船に直接積まれたらおしまいだと思ったけれど、どうやらユルバンはこの街で宿に泊まるらしい。

多分、アルディリアにつくまでにアニアに死なれたら困るから、宿で箱の中を確認したいのだろう。

……確かにずっと箱の中でこのまま水も何もなかったら干《ひ》からびてしまうわ。だけど、アルディリアまでだってろくな扱《あつか》いをされないに決まっているわ。

彼らが荷物を次々に運び出していく。大きな揺れとともに、ついにアニアが入っている箱が持ち上げられた。

不安定に左右に揺らされてどこかに運ばれている間、アニアは外の気配を窺っていた。

馬車か何かで運ばれているらしい。馬の蹄《ひづめ》の音が聞こえてくる。石畳《いしだたみ》の衝撃だろうか、上下に跳ねるように箱が激しく揺れる。蓋の鍵を壊しているのがばれたらとヒヤヒヤしていたアニアだったが、急に車輪の音に奇妙な音が混じってきたのに気づいた。

不意に大きく衝撃が来た。御者《ぎょしゃ》らしき者の叫び声がした。

……え？

そのまま車体が大きく傾く。

勢いで箱を固定していた荷紐《にひも》も切れたのだろう。壊れていた衣装箱の蓋がふきとんで、その勢いでアニアは外に投げ出された。

周囲は薄暗いが、箱の中にいたおかげで闇に目が慣れている。そのままアニアはとっさに物陰に身を隠した。荷馬車の車輪が外れて、荷台の荷物がバラバラに落ちてしまっていた。

「車軸がぶっ壊れてるじゃないか。荷物は大丈夫なのか？」

「……空《から》だぞ、これ。中身はどこなんだ？　さっき運んだときは中身あったよな？」

「落としたんだろう。探せよ」

男たちが大騒ぎしながら空になった箱の中を覗いている。

慌てている男たちの様子を窺っていたアニアだったが、不意に背後から伸びてきた手に口を覆《おお》われた。

何？　こんなところに誰か仲間がいたの？

逃れようととっさに抱えていた短剣を振り回したが、その手首ごと捕らえられる。

そのまま背後に引きずり込まれるように運ばれて、もうだめか、と思いかけたときだった。

「……すまぬ、手荒なまねをした」

声と同時に周囲が明るくなった。その声でアニアは自分を捕らえた相手が誰なのか気づいた。

「……殿下？」

そこは豪奢《ごうしゃ》な馬車の中だった。リシャールが命じると馬車は走り出した。馬車の周りを十数人の騎兵が囲んでいるのも見えた。

やっと拘束していた手が離れたので、アニアはリシャールに振り向いた。

「……どうして殿下がここにいらっしゃるんですか？」

ユルバンが疑われているのなら、おそらく王都を離れた段階で追っ手がかかるとは思っていた。けれど、この人がそれに加わってくるとは思いもしなかった。

「ユルバンを追ってきた。そなたを王宮から連れ出したと聞いたのでな」

リシャールがそう言うと、アニアの身体をぐるりと見回した。

「怪我はないか？　荷馬車に細工をさせていたのだが、そのせいで転倒させてしまった」

「ちょっとだけ背中をぶつけましたけど、たいしたことはありませんわ」

アニアは戸惑っていた。

殿下がわたしを助けるために来てくださったというの？

おそらくはユルバンを捕らえるのが主目的に違いないけれど、それでも王太子自らが動く必要などないはずだ。

「そうか。よかった。これでエリザベトに叱《しか》られずに済む」

リシャールは大真面目《おおまじめ》な顔でそう言って頷いた。

「……心配していたぞ」

その言葉にアニアは心臓が小さく跳ねたような気がした。

リザが心配していたという意味のはずなのに、なぜかそれがリシャール自身の心情のように聞こえてしまった。

「お詫《わ》びを申し上げなくては……」

「そなたが詫びる必要はない。元気な顔を見せてやればいい」

素《そ》っ気《け》ない表情に見えたけれど、口調は穏やかで柔らかかった。

この人はあまり感情を表情には出さないけれど、決して冷たい人ではない。

「ユルバンはマルク伯爵が捕縛《ほばく》に向かっている。二度とそなたに手出しはさせない。だからもう安心していい」

「……ティムも来ているんですね」

自分一人が消えても、気づいてもらえるかどうかと思っていた。待ち合わせをしていたティムくらいは気づいてくれるかもしれないとは予想していたけれど。

リシャールが来たことに驚いてすっかり頭から抜け落ちてしまっていた。

「本当はマルク伯爵が助けに来た方が良かったかもしれぬが、我慢してくれ」

「我慢だなんて。殿下御自《おんみずか》ら来ていただけるなんて嬉しいですわ」

そう言ってリシャールの顔を見ると、はっきりと驚きがあらわれていた。

「嬉しい……のか？」

「ええ。一生の自慢がまた増えましたわ」

アニアがそう答えると、リシャールは困ったような笑みを浮かべた。

「また子や孫に百万回聞かせるつもりか。その様子をぜひ見てみたいものだな」

アニアはそれを聞いて急に頬が熱くなった。

え？　それはどういう意味？　わたしに子供や孫ができるころまで会いにいらっしゃるということ？

そんなことがあるわけがない。

リザが嫁《とつ》いだら、アニアが王女付き女官として王宮で働く機会はなくなるのだから。最初からそういう話で王宮に呼ばれたはずだ。

なんと答えたらいいのかと戸惑っていたアニアだったが、その途端に気が緩んだせいか盛大に空腹を訴《うった》える音がお腹から鳴り響いた。

リシャールは口元に手を宛《あ》てて、そのままわざとらしく馬車の外に顔を向ける。

「オレは何も聞いてはおらぬぞ。だが、到着次第食事を用意させよう」

アニアはどこかに隠れたかったけれど、馬車の中ではどうにもならない。

「嘘はいけませんわ、殿下。こういうときはいっそ笑い飛ばしていただいた方が、恥ずかしくないものですのよ」

王太子殿下の御前でなんてことを……。

はしたない訴えをする自分の腹にアニアは説教したくなった。

リシャールはそれを聞いて小さく吹き出した。

「なるほど、その通りだ。すまぬな」

アニアもつられて笑ってしまった。

リシャールの前でお腹を鳴らしてしまったなど、さすがにこれは自慢にならない。

だけど、きっとこのこともずっと忘れないだろうと思った。

……きっとこの先、王宮を下がっても忘れない。

ずっとお側《そば》にいられるわけではないのだから、どんな些細《ささい》なことも大事な思い出だもの。


セリュールの領事館だという町の高台にある屋敷に馬車が到着すると、待ちかねたようにテイムが駆け寄ってきた。

「アニア。よかった。無事だったんだね。ああもう、服がこんなに埃《ほこり》まみれになって」

馬車から降りるのに手を差し出してくれて、箱の中に閉じ込められていたためにアニアの髪もドレスも酷《ひど》い有様《ありさま》になっていることに悲しそうな顔をする。

「侍女《じじょ》を連れてきているから、すぐに綺麗にしてあげるからね、本当によかった」

……よくよく考えたらこんな酷い格好なのに、王太子殿下は何もおっしゃらなかったのね。

それを言ったらアニアが遠慮して馬車におとなしく乗らないとでも思ったのかもしれないけれど。何も言わずにただ気を遣《つか》ってくださっていたのかと思う。

アニアはリシャールに振り向いた。そうだ、肝心《かんじん》なことを言っていなかった。

「助けてくださってありがとうございました。殿下」

「礼にはおよばぬ。そなたを無事に連れ帰らねばエリザベトに恨まれてしまうからな」

リシャールは表情一つ変えずにそう答えてから、ティムに問いかけた。

「首尾は？　捕まえたのか？」

「ええ、一人残らず。……僕の可愛《かわい》い従妹《いとこ》に危害を加えた罪は万死に値《あたい》します。その罪を贖《あがな》っていただく必要がありますから」

普段温厚でにこやかなティムが、すっと表情を消した。そうすると周囲の温度が一気に下がったように感じられた。

「……ティム？」

あ。これは久々に危ないかも。アニアはそう察知した。

ティムはアニアが緊張したことに気づいてか口元をわずかに緩めた。

「大丈夫。アニアは心配しなくていいんだよ。取り調べに協力してもらうように、多少強めに圧力をかけておいただけだからね。今はすらすらと自分の罪状を素直に認めてくれているよ。先ほど王宮から、彼の妻子も捕らえられて資産も差し押さえられたと連絡があったから、ユルバンはすっかりおとなしくて協力的になってくれたよ」

ティムの口調は穏やかだけど目が全く笑っていなかった。その口元だけに浮かぶ笑みにはむしろ凄《すご》みがあって、アニアは捕らえられたユルバンたちに同情したくなった。

多少強めの圧力って……精神的に追い詰められてなければいいけど……。

「あれ？　妻子……ってあの人結婚していたの？」

「正式には愛人だね。もう十年以上の仲で領地では奥方と呼ばれているらしいよ。人質みたいに扱うのは本意ではないけれど、お互い様だよね？　可愛いアニアを人質にしようとしたんだから」

その笑顔が怖い。アニアは曖昧《あいまい》に頷くことしかできなかった。

……本気で怒ってる。

ティムはめったに怒ることがないだけに、本気で怒ると普段との格差が大きいので、怖さが倍増するのだ。そして、怒ると手加減という言葉が吹き飛んでしまう。

食事の支度《したく》ができているから、と館の中に招き入れられて歩いていると、背後からこっそりと歩み寄ってきたリシャールがぽつりと呟いた。

「どうやらユルバンは一番怒らせてはならぬ奴《ヤツ》を怒らせてしまったな」

「……そうですね。昔から、怒らせると誰も手出しできないんです」

「オレもさすがにあやつを怒らせる度胸はないぞ」

どうやらリシャールもティムのそんな一面を知っているらしい。共通の秘密を抱えたような気分でアニアはこっそり笑みを返した。

＊　＊　＊

マルク伯爵領セリュール。南部最大の港町で、外海と川の両方の船が出入りしている。

先代のマルク伯爵はランド伯爵事件で失脚した。今の領主はアニアの従兄ティモティ・ド・バルト。

パクレット子爵がその町で身柄《みがら》を拘束されたという知らせが王都に伝わったのは真夜中だった。

「……セリュールに潜伏《せんぷく》していたパクレット子爵一行をクシー伯爵誘拐《ゆうかい》の罪で捕縛。クシー伯爵アナスタジア嬢は無事保護。外傷はなく、王太子殿下とともに王宮に戻る予定だそうです」

国王の執務室に徹夜《てつや》も覚悟して居座っていたリザは、ジョルジュからその報告を聞いてやっと安心して息を吐いた。

間に合ったのか。良かった。

ならば自分はここでできることをしながら、アニアが無事に戻ってくるのを待とう。

「無事なら良い。新しいマルク伯爵は思ったよりも港湾関係者と良好な関係を築いているようだな。領主になったばかりだったから、それが心配であったのだ」

長椅子に腰掛けていた国王が頷いた。

マルク伯爵の失脚によりその爵位をティムが与えられたのは三ヵ月前のことだ。

おそらくパクレット子爵が狙《ねら》ったのもそれだろう。就任して間もない新領主なら港湾の封鎖などの手配が行き届かない可能性があると。けれど、ティムはパクレット子爵が考えるよりも有能だった。

このような事態を予測してセリュールの領主にティムを選んだのだろうか。

リザは思わず呟いた。

「父上の先見の明はすごいですね」

ユベール二世はにやりと笑って頷いた。

「そうかそうか。褒《ほ》められて悪い気はしないが、あやつを領主にしたのは結果に過ぎない。……だが、これでパクレット子爵家も処分せねばならんな」

王位継承争いの後に国王になったリザの父は、失脚した貴族たちにかわり、実力のある者を身分問わず採用している。それによって、王宮内の要職に就けなくなった貴族たちの不満が溜まっていた。

そうして、亡命中のルイ・シャルル王子を支持する方向に行ってしまったのだろう。

けれど、パクレット子爵はその中でも実力で今の地位を認められていたのに、結局国王を裏切る形になった。

「有能であったから惜しいが、宰相の業務を停止させて内政の混乱を招いたのみならず、アナスタジアを攫《さら》おうとしたのはさすがに許せぬ」

ジョルジュがそれを聞いて首を傾《かし》げた。

「そういえば、国王陛下も彼女をずいぶんと認めているようですが、理由を教えていただけますか?」

「そなたはアナスタジアに求婚したというが、彼女の真価がわからぬのか? それでは結婚を認める訳にはいかんな」

ユベール二世はしれっとした顔でそう答える。おそらくはわかっているのだろう、ジョルジュの求婚が本気ではないことも、それがどういう意図でなされたのかも。

「真価……ですか?」

「彼女には今後も王宮にいてもらうつもりだ。必要な肩書きも与える。それに本気で彼女を守る気がない男には嫁《とつ》がせるつもりもない。そんなことを認めたらエドゥアールに申し訳ないからね。権力を使ってでも徹底的《てっていてき》に邪魔するよ」

ジョルジュがそれを聞いて眉《まゆ》を寄せた。

「僕では彼女の夫にふさわしくないということですか」

「まあ、少なくともそなたがユルバンにくだらない噂を吹き込んだおかげで彼女が危険に巻き込まれたのだ。そんな男は夫にふさわしくないだろう」

「……まさか、アルディリア女王がアニアに関心があるとかいうあれですか?」

リザは眉を寄せた。

故意にあんな噂を流して、ユルバンがアニアにどう出てくるか試そうとしたのか。だからアニアに《蜘蛛《くも》》をつけていたのか。

そして、リシャールがアニアを追って出ていくとき、珍しくはっきりと怒っていた理由もわかった。リシャールはこのことに気づいていたのだ。

それにしても、求婚した相手を危険に追い込むなど、人としてどうなのか。

「兄上……アニアが無事でなかったら、今日が兄上の命日になるところでしたね」

リザが怒りを込めてそう言うと、ジョルジュは亀のように首を竦《すく》めた。

「ここまで彼女が皆のお気に入りだとは思わなかったんだよ……」

こっそりとそう囁いてから、彼は国王に向き直る。

「噂の件はユルバンの真意を試したかっただけです。それと、求婚したのは彼女を確実に王宮に留めたいと思っただけなんですが、よけいなお世話でしたか?」

ジョルジュがどことなく不満げに見えてリザはふと思った。

もしかしたらジョルジュがアニアに求婚した理由には、父や兄に気に入られているアニアへの嫉妬《しっと》もあったのではないだろうか。

ジョルジュは養子に出されたことで、自分は父に必要とされなかったと思っているのかもしれない。だからアニアが気に入られた理由を知りたかったのではないか。

「手法としては悪くはない。彼女がそれを望むのならば、の話だが」

国王は穏やかに答えた。

「そうですね。彼女はどうも断る気満々のようでしたし、諦めるしかないですね」

「兄上には誠意が足りないのです。女性と見たら片っ端から口説《くど》くような殿方にはアニアはなびきませんよ」

彼女が書いている小説の主人公は、現実にはいないような美男子だが、それ以上に愛する女性をひたすら一途に守ろうとする性格だ。

彼女はその主人公を妄想《もうそう》の産物だと言っていたが、いくらかの理想も含んでいるのではないかとリザは思っていた。

不器用なほど真面目なくらいが、彼女には好ましいのではないだろうか。

そこへ侍従がやってきて、ポワレ宰相の到着を告げた。

疑惑が晴れたことから、監視を解除されたのだろう。大量の書類を抱えてよたよたと入ってくると、国王の前で深々と一礼した。

「遅くなりまして申し訳ございません。パクレット子爵の件、調査資料をお持ちしました」

いつもは平和に笑っている宰相が、すっと表情を消して目を鋭く細めた。

「パクレット子爵ユルバンは父親の代からいくつかの事業を経営していたのですが、ランド伯爵事件のとき、彼らが蜂起《ほうき》の際に同志の証として紫の宝石を身につけていたでしょう？　あれを販売していたのがユルバンが経営していた宝石商でした。彼はこちらが調査を始めたのを見て計画が露見《ろけん》していることに気づいた。だからランド伯爵には同調しなかった」

テキパキと説明する宰相の様子は今まで監視下にあって仕事をしていなかったとは思えなかった。

ポワレが持ってきた調書には、捕縛されたアルディリア派の者たちのことが書かれていた。その某大な資料に、ポワレは宰相の業務を停止されていた間、この調査を行っていたらしいとリザは気づいた。

「ただし、ユルバンはそれ以前からアルディリアと繋がりがあったようです。ご存じのとおり、アルディリアは北のステルラ、南のガルデーニャに挟《はさ》まれ、唯一の交易相手のラウルスに高い手数料を払っているために輸入に頼っている物資が高騰《こうとう》しています。ユルバンはステルラとの交易を熱心に行っていて頻繁《ひんぱん》に隊商を送り込んでいます。ただ、ステルラに向かったはずの荷馬車が国境を越えたあとで幾度《いくど》か消息を絶っていて、山賊《さんぞく》に遭《あ》ったと主張していました。それで、山賊被害の調査もかねて国境警備軍にひそかに追跡させたところ、その馬車はアルディリア国境の方角に向かっていました。山賊被害と称してアルディリアとの密貿易を行っていた可能性が高い。元々彼の父親もそうして儲《もう》けていたようなので、父親から密入国のルートを教わっていたと考えられます」

つまり、表では反アルディリア派を装い、ずっとアルディリアとの商売を行っていたということだろうか。

「……アルディリアとは断交はしていないからそれ自体は罪ではないが、こそこそしているところが気に食わぬな。さぞや法外な値段で売りつけていたのだろうな」

国王が資料を見て眉を寄せる。おそらく相場以上の価格をつけていたのだろう。

「ということは、最初からアルディリア派だったということなのですか」

リザが問いかけると、宰相は頷いた。

「彼は裏切り者の家名を継いだことで気苦労が多かった。それを汚名だと考えていたようだったので、彼がアルディリア寄りではないと思っていました。ですが、結局彼は商売上の利益からアルディリアと繋がっていたのは確実です。そして、表向きは苦悩しているように見せて、保身のために反アルディリア派にも近づいていたのです」

「ランド伯爵と同類ということか。表ではアルディリア派を叩いて、その裏で繋がっていたのだな。宝石の件といい、そなたを嫌っていたことといい、奴らはさぞ気が合っただろうな」

国王の言葉に、宰相は満面の笑みで答える。

「それは光栄です。すべての国王陛下の敵に嫌われるのが私の仕事ですから」

やはり最初から父上はポワレを処罰《しょばつ》する気は全くなかったということか。

国王と宰相の間にはリザの知らない信頼関係があるのだろう。

「ランド伯爵が失脚したと同時に、自分にもこの先調査の手が及《およ》ぶかもしれないとユルバンは考えたのでしょう。逃亡するにも事業や資産を整理するだけの時間が必要だった。それで全く別の騒動を起こして時間を稼ごうとした。それがあの帳簿差し替えの動機です」

それに気づいたポワレは疑われて謹慎《きんしん》しているふりをして、陰で調査をしていたのだ。

おそらくその時点で犯人は自分の部下の中にいることもわかっていたのだろうから。

「ユルバンは保身のためにさらに何か細工をしようとした。そこで目をつけたのがクシー女伯だったのでしょう。王家から信頼を得ている上に、反アルディリア派の筆頭だった宰相エドゥアール・ド・クシーの孫娘。しかも独身。彼女の夫に収まれば疑惑をそらすこともできる。それに何かあったときは人質として使える……ということでしょう」

「それでアニアに求婚してきたということか。ろくな理由ではないな」

リザがそう呟くと、宰相はにこりと笑った。

「男が女を口説《くど》く理由は大概《たいがい》くだらないものですよ」

「なるほど、なかなかの名言だ。そなたの奥方にその言葉を是非とも伝えたいものだ」

余裕ぶった言い方が面白《おもしろ》くなかったのでリザが言い返すと、宰相はさすがに困った顔をした。

「いやはや、手厳《てきび》しいですな。王女殿下は」

そう言ってから、宰相は次の書類を手に取った。

「ユルバンのもくろみは途中までは上手《うま》く行きました。ただ、予想外だったのがクシー女伯が私の弁護にのりだそうとしたことです。帳簿が差し替えられていることが判明し、私が疑われて職務停止になりました。国王陛下からも王太子殿下からも目をかけられている彼女が弁護することで、事態が早く動くことを彼は恐れた。彼は自分のことを知るアルディリア派の者たちに刺客《しかく》を差し向けていたようですが、それもすべて失敗に終わった。そうなるともう、この国から逃げ出すしかないと考えたのでしょう」

報告書をすべて国王の執務机の上に置くと、宰相は恭《うやうや》しく一礼した。

「しかし、ユルバンを要職に取り立てたのは私です。彼の野心が悪い方向に向いていたと気づけなかったのですから、いかなる処罰も受け付ける所存にございます」

国王は重々しく頷いた。

「王太子が戻ったら正式に処罰を申しつける。今夜はもう下がって休むといい。エリザベト、そなたたちもだ」

宰相が下がっていくのを見送ってから、リザは父に向き直った。

「父上……」

到底眠れそうな気分ではない。そう思ったリザに、国王は穏やかに微笑《ほほえ》む。

「リシャールとマルク伯爵が側にいるのなら、アナスタジアは大丈夫だ。戻ってきたときそなたが疲れた顔をしていたら、彼女が心配するだろう。ジョルジュ、部屋まで送ってやってくれぬか？」

「わかりました」

ジョルジュがリザに歩み寄る。

それを見て国王は小さく頷いた。そして、机の上に拡げたままの地図に手を載せるとぽつりと問いかけた。

「ユルバンが差し向けた刺客を始末したのはそなただな？」

「たまたま蜘蛛の糸に引っかかっただけです」

ジョルジュは微笑んで答えた。

「そうか。大義であった」

リザもその地図に目を向けた。メルキュール公爵家の密偵《蜘蛛》は王都から国全体に広がる八本の街道を蜘蛛の足に模して名付けられた。国を覆い守る巨大な蜘蛛となるように。

ジョルジュは昔その扱いを間違えたけれど、今は肩の力が抜けたように見える。

それが国王にも伝わったのだろうか、

「ラウルス大公に縁談の返事を届けたら、そろそろ帰ってくるか？」

それを聞いてジョルジュは驚いた様子で金褐色の瞳を見開いた。元々彼の留学は謹慎的な扱いだったのだから当然だろう。

「ありがとうございます。そろそろ義父にも孝行をしなくてはなりませんから、そうさせていただきます」

ジョルジュは一礼すると、リザに照れくさそうに微笑んだ。

7

アニアが王宮に戻ったのはその二日後だった。

身支度《みじたく》をして国王の執務室にむかうと、控《ひか》えの間でリシャールとリザが揃《そろ》って腕組みをして待ち構えていた。

「アニア」

駆け寄ってきたリザがアニアの顔をのぞき込んできた。

「大丈夫なのか？　疲れているのならもっと休みを取っても構わぬぞ」

「いいえ、王宮に走って帰りたいくらいには元気でしたわ」

アニアがそう答えると、リシャールがふっと口元に笑みを浮かべる。

「アニアなら自分で馬を走らせることもできたのではないのか？」

リザの問いにリシャールが眉《まゆ》を寄せた。

「本人からの要望はあったが、さすがに貴婦人を馬で突っ走らせて怪我でもされては困るから、バルトと二人で止めた」

その通りなのでアニアはちょっと不満だった。

だって……王太子殿下の馬車に同乗させていただくなんて畏《おそ》れ多すぎだもの。

馬に乗れるから動きやすい服さえ貸してもらえれば馬車はなくてもいいと言ったら、二人がかりで反対された。

特にティムの目が本気だったので渋々馬車に乗ることにした。

「領地にいた頃は早駆けで競争もしていたくらいだから、大丈夫だと申し上げましたのに」

「なんだ。それでおとなしく馬車で帰ってきたのだな」

リザは楽しげに笑っている。

「けれど、何にせよ、無事でよかった。何かあったらユルバンめの首はとっくに胴体と別れていただろうからな」

そう言いながら細めた金褐色《きんかっしょく》の目は笑っていなかった。

アニアはそれでリザが相当怒っていると気づいた。

心配してくださっていたと思い知って、リザがそんなことをしなくて済んだことにアニアは安堵《あんど》した。

無事帰ってこられて良かった。アルディリアに連れて行かれていたら、どういう目に遭《あ》わされていたか想像もつかない。

「では行こうか。陛下がお待ちだ。パクレット子爵の処分が決まったそうだ」

リシャールがそう言って控えていた侍従《じじゅう》に目配せをした。

執務室には国王ユベール二世とポワレ宰相《さいしょう》、メルキュール公爵ジョルジュ、そして数人の重臣《じゅうしん》が控えていた。

宰相が事件のあらましを説明して、それから国王に裁可を求めるようにその調書を差し出した。

ユベール二世は静かに頷くと、はっきりとした口調で告げた。

「三ヵ月前の謀叛《むほん》に加担していながら証拠がなかったために罪に問われなかった者がいたが、今回の調査により新たに証拠が挙がったことから、追加で処分をすることになった。まず、パクレット子爵ユルバン・ド・ラクロ。アルディリアとの貿易により多額の利益を得て、アルディリア高官との繋《つな》がりを持っていた。それが露《あら》わになることを恐れて、宰相を陥《おとしい》れようと帳簿に細工をし、さらにはクシー女伯爵を誘拐《ゆうかい》した。我が国の貴族として恥ずかしい振る舞いである。よってその爵位を剝奪《はくだつ》、所領についても没収《ぼっしゅう》とする。事業の経営についても監査対象とする。妻子については処罰《しょばつ》はしないが子爵家の相続権は認めない」

次々に処分が命じられる。

アニアは調書の内容に驚かされた。

ユルバンはアニアに対して、脅《おど》されてアルディリア支持派に資金援助をしていたと言っていたが、それも嘘だったらしい。

それどころか家督《かとく》を継いだ直後からアルディリアとの取引を繰り返していたなんて。

本当に嘘ばっかりだったんだわ、あの人は。しかも、その嘘は全部自分を守るための嘘だ。

家名にまとわりつく汚名を雪《すす》ぎたいから宰相になりたいと言っていたけれど、本当は何がしたかったのだろう。

それとも、宰相になりたいのが本心だったが、家名が邪魔をしていると思ったのだろうか。

いっそポワレ宰相のように平民だった方が彼にとっては幸せだったのだろうか。

結婚はしていなくても妻子がいたというのに、彼らと慎《つつ》ましく暮らすことを選べなかったのだろうか。

どちらにしても、嘘を重ねて守ろうとしたのは自尊心のように思えた。

「……そして、シリル・ポワレ。今回の部下の不始末の責による辞任を申し出ていたが、今回の件で調査に協力した功績によりそれは却下《きゃっか》とする。さらに、パクレット子爵の所領の管理を命じる。ついでに爵位も押しつけるので、しっかりと管理するように。拒否は認めぬ」

「陛下？」

ポワレがまさしく飛び上がるような勢いでユベール二世に向き直った。

「私は爵位など……」

「さっき言っただろう。拒否は認めないぞ。それにそなたが報償《ほうしょう》を受け取らぬなら、他の者にも報償を渡せぬではないか」

そう言われてポワレは諦《あきら》めたように言葉を飲み込んだ。悪戯《いたずら》が成功したような笑みを浮かべて国王が笑う。

「クシー女伯爵アナスタジア・ド・クシー。今回の件で宰相の弁護に動いてくれたことをありがたく思う。被害に遭ったばかりで疲れもあるだろう。十日間の療養を申しつける。そして、復帰後はエリザベトの女官を免じ、王宮内の文書管理官の職を与える」

「……文書管理官でございますか？　わたしに務まるのでしょうか」

アニアは驚いて問い返してしまった。王宮内の女性の仕事は女官や侍女《じじょ》くらいで、文官として働いている者はいないはずだ。

さすがに育ってきた伯爵家の領地を管理するのとは違う。アニアは不安になった。

ユベール二世は大きく頷いた。

「気負わずとも大丈夫だ。かつてそなたの祖父が務めていた役職だ。実はしばらく前から空席になっていた。今回のような不始末が起きぬように役職を復活させることになったのだ。書庫と文書庫の管理にそなたほどの適任はいないだろう。どうせエリザベトが一日の大半を過ごす場所が主な職場になるから、今までと大差あるまいが、今後は文官として存分の働きを期待する」

祖父と同じ仕事。そしてこれからもリザの側《そば》にいることができる。

それを聞いてアニアは決意した。

何かが起きても女官の立場では知りえることが限られる。それを今回思い知らされた。もっと知りたいことがある。そして、大切な人たちを守れるようになりたい。

「……謹《つつし》んで拝命いたします」

アニアは深く一礼した。

今回の一件で祖父のことを少し知ることができた。だからこそ、あの人のように後悔しないように、選ぶことから逃げないでいよう。

……この先もきっと、決めなくてはならないことがたくさんあるのだから。


国王に続いて他の高官たちも執務室から退出して行ったので、アニアたちもそろそろ出ようと思ったところで、ポワレ宰相がアニアに声をかけてきた。

「……クシー女伯爵様、此度《こたび》は色々とお世話になりました。妻にも気を遣《つか》ってくださったそうで感謝しております」

ポワレが王宮で監視下に置かれていた間、一人家で待っているディアーヌはさぞ心配だろうと、アニアは毎日のように手紙を届けさせた。

「わたしの立場で言えることではありませんけれど、ディアーヌ様に何かして差し上げたかっただけですわ。きっと祖父が生きていればそうしたでしょう」

アニアの祖母と父は、ディアーヌを家から追い出した。それは祖父の望んだことではなかったはずだ。

ポワレは目を細めて微笑《ほほえ》んだ。

「……本当にあなた様はエドゥアール様に似ていらっしゃる。もしよろしければ今後とも妻と懇意《こんい》にしていただけませんか？　妻もあなた様とまたお話がしたいと申しております」

「もちろんですわ。それに今後はあなたの下で働かせていただくのですから、お目にかかる機会も増えると思いますし」

アニアはそう言ってから、少し声音を落とした。

「ただ、一つだけお聞きしてよろしいですか？　ディアーヌ様はあなたが見守ってきた方々のお一人でいらっしゃるのですか？」

アニアの祖父がポワレに託《たく》した先代国王の庶子《しょし》たち。ディアーヌはその一人なのではないかとアニアは思っていた。そして、おそらく何らかの事情で祖父が彼女を引き取ったのかもしれないと。

そうでなければあれほど先代国王に似ているはずがない。

ポワレはそっと立てた指を口元に寄せた。

否定するのではなく、ただそうしただけだった。

彼はそうしてアニアの祖父の思いをずっと背負ってきたのだろう。いつも通りのふわふわした笑みを浮かべて立ち去る彼の背中に、アニアは感謝をこめて一礼した。

「兄上、ここは息抜きの場でもサロンでもありません。部屋が狭《せま》くなります」

リザがうんざりしたようにそう言った。

確かにテーブルや椅子が置かれているけれど、ここはリザが昼間本を読むために使っている書庫の隣にある部屋だった。

そのテーブルにちゃっかりと並んでいるジョルジュとリシャール。そしてその後ろに控えているティム。はっきり言ってリザと成人男性三人が小さなテーブルを囲んでいる図は見ていておかしい。

こんなに人がいては落ち着いて本が読めない、というのがリザの本音なのだろうとアニアは察した。

「そりゃまあリシャールくらい馬鹿でかい男がいたら邪魔だろうね」

「邪魔だと言うなら用もなしに来ているお前も似たようなものだろうが」

他人事《ひとごと》のように暢気《のんき》に笑うジョルジュをリシャールが不機嫌そうに睨《にら》む。

リシャールはこの部屋を文書管理官の事務室に改装する許可をリザに求めて来たのだが、それが終わってもまだ居座っている。

「僕だって一応用事があってきたんだけど。求婚の返事を聞きたくてね」

リシャールがそれを聞いて眉を寄せた。

「今日の昼にはラウルスに出発するから、その前に聞きたかったんだ」

さらりと言われたけれど、彼はアニアに顔を向けて明るく笑っているだけで、その内心は読めない。

結局彼の持ってきた、リシャールとラウルス公女との縁談は断られたらしい。世継ぎ誕生を待ち望んでいる周囲はがっかりしていたらしいが、ラウルスはアルディリアとの繋がりが強く、こちらには政略結婚としての利が少ないので仕方のないことだろう。

「アナスタジア……いや、クシー女伯爵。返事をもらえるかな？　もちろんどちらの返事でも悪いようにはしないから」

いかにも期待しているという目を向けられて、アニアは用意していた文箱から二通の手紙を取り出した。

「申し訳ございません。求婚はお受けできませんわ。メルキュール公爵家は東の国境の要、その務めをお支えしながらのクシー領の領主の業務はわたしには荷が重すぎます」

アニアがそう答えると、ジョルジュはそっかー、と軽い調子で頷いた。そのままずるずるとテーブルに突っ伏してしまう。

「ざーんねん。予想してたからいいんだけどねー。で？　この手紙は？」

「以前、お聞きになりたいとおっしゃっていたことの祖父からのお返事です」

ジョルジュは封筒を受け取ると、アニアの言葉に弾《はじ》かれたように顔を上げた。

「……ここで読んでもいいの？」

「ええ、王太子殿下にも同じものをご用意していますから」

アニアはもう一通の手紙をリシャールに差し出した。

あの時、箱の中に閉じ込められていた間に見た光景。王都に戻ってからすぐに忘れないように書き留めておいた。

彼らの父ユベール二世は決して二人を秤にかけたわけではなく、等しく情を向けていたからこそ悩んでいた。その辛い決断の重みを自分が引き受けるためにアニアの祖父は進言したのだ。

どちらかを選ぶことはその選んだ罪も背負う覚悟が必要なのだと。

それで彼ら双子《ふたご》たちの過去のわだかまりが消えるわけではないけれど、少しでも気持ちが楽になる手助けになってくれればとアニアは考えた。

手紙に目を通したジョルジュはちらりとリシャールに目を向けた。ただ、何をどう尋《たず》ねればいいのか戸惑《とまど》っている様子に見えた。

ジョルジュはアニアの記憶のことを知らないはずだ。そんな彼にアニアが見たままの祖父の記憶を書いただけではわかりにくかっただろうか。アニアが説明するべきかどうか迷っていると、リシャールが先に口を開いた。

「ジョルジュ。言いたいことはわかるが、彼女が言っただろう？　祖父からの返事だと」

ジョルジュは立ちあがってアニアに詰め寄ってきた。

「え？　え？　穴熊エドゥアールって生きてるの？　っていうか、君の中に入ってる説って本当だったの？」

それを聞いてリザとリシャールが揃って吹き出した。隅に控えていたティムも口元を押さえてうつむいている。

「何で笑うんだよ。だって、こんな見てきたようなことどうやって……」

「見てきたのですわ」

アニアは正直に答えた。そうとしか言えないのだから。

そしてそのことを信じてもらえるかどうかは相手に委《ゆだ》ねるしかない。

どうしてそれが見られるのかはわからない。ただ、アニアが心底知りたいと思ったときに手を差し伸べるように、祖父の記憶が助けてくれるのだ。

だから、彼らのわだかまりが少しでもほどけるようにと、祖父が力を貸してくれたのだと信じたかった。　きっと祖父も彼らを心配していたのだろうから。

「ジョルジュ。彼女も理由は知らないのだから、そのくらいにしておけ。単に彼女は祖父の記憶を見ることができるだけなのだから」

見ることができるだけ。リシャールの言葉は穏やかにアニアの心に入ってきた。

普通なら気持ち悪く思われても不思議ではないことを、ごく当たり前のように言ってくれるのは嬉しかった。

ジョルジュもその言葉で察したのか、諦めたように溜め息をついた。

「……そうかー。そういうことか……」

そう呟いてからリシャールに振り返る。

「今までお互い役目を意識し過ぎて、頑張りすぎたかもな。これからはもう少し不真面目《ふまじめ》になるとするか」

「お前に言われたくはないのだが」

リシャールが無愛想に答える。けれどふと見た表情には険《けわ》しさがなかった。

二人とも肩の力が抜けたような穏やかな表情に見えて、アニアはそれを微笑ましく思った。

「リシャール兄上は多少力を抜いた方がよいとは思いますが、ジョルジュ兄上は普段がふしだらなのですからほどほどの方がよろしいでしょう」

リザが手厳《てきび》しく言い渡した。妹から好き放題言われてジョルジュは不満そうに口を尖《とが》らせる。

「ふしだらは酷《ひど》いなあ。僕ほどの色男だとね、周りが放っておいてくれないんだよ。まあ、これからはほどほどにするよ」

素直に聞き入れた様子にリザが怪訝《けげん》な顔をする。

「何ですか。ジョルジュ兄上が素直だなんて、明日は緑色の太陽が昇るのですか？」

普通の反応をしただけで天変地異の前触れ扱《あつか》いされるとは、とアニアは呆《あき》れてしまった。

ジョルジュはアニアに目線を合わせるように身をかがめた。

「アナスタジア。いろいろ悪かったね。君がこれから王宮で何をするのか楽しみにしているよ」

何をするのかというのはどこか微妙な言い回しだと思いながらも、アニアは微笑んだ。

「ご期待に添えるよう努力しますわ」

ジョルジュは明るい金褐色の瞳をじっとこちらに向けてきた。

「けどねえ、ますます君に興味が湧いてしまったよ。だから留学から戻ったらもう一回口説《くど》いてもいいかな?」

「そのころにはきっとジョルジュ様にふさわしい女性が現れますわ」

アニアはそう答えた。彼の留学ももうじき終わるのだとリザが言っていた。

元々家督を継いでから彼があまりに思い詰めていたのを見て、国王が命じたものらしい。

リシャールもまた王太子にふさわしくあらねばならないと思い詰めていた。

ある意味似ているように見えると言ったら二人は顔をしかめるだろうか。

「そうかな。君に言われると何かそんな気もしてくるから、不思議だよ」

嬉しそうに微笑むと、ジョルジュはアニアの手をとって恭《うやうや》しく口づける。

その手慣れた動作に、まるで自分の小説の主人公のようだ、とアニアは思った。

だって、黙っていれば魅力的な方だから。

そこへ侍従が馬車の支度ができたことを伝えてきた。

「それじゃあ、そろそろ出るよ。見送りは要《い》らないよ。すぐに帰ってくるからね」

さらりとそう言うと、ジョルジュは歩き出した。が、何かを思い出したようにアニアの前に戻ってきた。

「そうだった。アナスタジア。いいことを教えてあげるよ」

「え？」

戸惑っていたら、ジョルジュが顔を近づけて来た。

「最近リシャールは『貴公子エルウッドの運命』という小説にとてもはまってるらしいよ」

それだけ告げると、ジョルジュは風のように素早く部屋を出て行ってしまった。

……王太子殿下が？　わたしの書いた小説を？　というより、そう言うからにはジョルジュ様も小説の内容を知っている？

ちょっと待って。最近は王太子殿下を参考にした同名の登場人物まで出ているのに。あれを読まれていたということ？

まるで自分の心の中を見透かされたような気持ちになった。裸になるより恥ずかしいくらいだ。混乱して言葉が出てこない。

一体どうしてそんなことになっているの？　っていうよりいつから？

隣にいたリザが心配そうな顔をしてこちらを見ていた。

そして、ティムに目を向けると申し訳なさそうな顔をしていて、ごめん、と唇が動いたように見えた。

ということは……二人とも知ってたってことじゃないの。

アニアは熱くなった頬を押さえてその場から逃げ出したい衝動に駆られた。けれど、この場にはリシャールがいる。そちらに顔を向けるのが怖い。

「……本当……ですの？」

リザに問いかけると、困ったような顔で頷いた。そこへ背後からリシャールの声が聞こえてきた。

「そなたを困らせるならオレはもう読まないようにするが……」

思わず振り返ると、リシャールのいつもは無愛想な顔に朱が差していた。

……もしかして、リシャールもアニアの小説を読んでいることを知られたくなかったのかもしれない。男性が読むような勇ましいお話でもないし、女性の夢みたいな美男子が出てくるものだから。

だったら恥ずかしいのはお互い様かもしれない。

「あの……。あれは本当に趣味で書いていたものですし、お恥ずかしい限りです。それに、あなた様のお名前を勝手に拝借してしまいました。ご不快ではありませんでしたか？」

顔を見られなくてそのままうつむいてしまったアニアに、リシャールははっきりとした口調で答えた。

「いや。嫌われているのならあのような扱いはしないだろう、と思っていた。だから、オレが読んでいると自由に書けないのならば、読まないようにするから……やめないでくれ」

その言葉がアニアの胸の中にほんのりと小さな灯《あか》りを点《とも》したように思えた。

小娘が書いたものだからと軽んじることなく、きちんと読んでくれていたのがそれで伝わってきたから。

いつから読んでくださっていたのかしら。ティムが絡んでいたのならもしかしたらずいぶん前からかもしれない。それなのに、わたしが萎縮《いしゅく》するならもう読まないとまで……。

ああ、この人は本当に優しい人なんだわ。

最初アニアはリシャールのことを怖い人だと思った。自分のような田舎《いなか》貴族など何の興味もないのだろうと。けれど、少しずつ接する機会が増えてからそうではないのだと気づかされた。

……わたしなどにもこれほどまでに気を遣ってくださるなんて、本当に素晴らしい方だわ。

そして、アニアは気づいた。この胸に点った感情の意味に。

この方がいつか妃《きさき》を迎える光景をずっと想像できなかった。

それはもしかしたらわたしが心のどこかで、それを見たくないと思っていたからじゃないだろうか。

この感情に名前をつけることは畏《おそ》れ多くてできない。きっとこれは子孫に自慢するようなものではなくて、ずっとずっと胸の中に大事に抱《かか》えていくことになるだろう。

……だったら、この方が自分の小説を楽しみに読んでくださるのなら、これからも書き続けるしかないわ。わたしがこの方にして差し上げられるのはそのくらいだもの。

アニアは渾身《こんしん》の勇気を振《ふ》り絞《しぼ》ってリシャールの顔を見上げた。勢いに驚いた様子の彼に一呼吸おいて告げる。

「……畏れながら、殿下。これからも続きが書けましたら読んでいただけますか?」

リシャールは軽く目を瞠《みは》って、それからアニアの手を取った。

「ああ。楽しみにしている」

まるで物語の主人公のように洗練された動作で、アニアの手の甲に唇を落とした。

彼が身を起こして目が合った瞬間に、金褐色の瞳が自分の姿を映《うつ》しているのが見えたような気がした。

本当に恋愛小説の中に入り込んでしまったみたいな気持ちになって、アニアはそのまま動けなかった。

存在を忘れられていたリザとティムが居心地悪そうに咳払《せきばら》いをするまで、二人はそのまま見つめ合っていた。

Mercure koushaku no

hisoyakanatakurami

メルキュール公爵の密やかな企み

「いやー。アランの淹《い》れてくれるお茶はやっぱり別格だねえ。帰って来たって気分になるよ」

メルキュール公爵ジョルジュは優雅に紅茶を味わいながら、たった今到着した王都の本邸でくつろいでいた。

「それは光栄でございます」

控《ひか》えていた淡い褐色《かっしょく》の髪と青い瞳の四十代の男が慇懃《いんぎん》に頭を下げた。アランはジョルジュの不在中この王都本邸をとりまとめている腹心、という立場にある。

「そういえば途中で領地に寄ったら義父上《ちちうえ》からアランに伝言を頼まれた。本邸でもヴィヴィアーヌの子供たちのお守りを頼めないかなー？　だってさ」

アランの眉間《みけん》にわずかに皺《しわ》が寄った。

「丁重《ていちょう》にお断り願います。子守りはあなた様だけで充分です」

オルタンシア東部に広大な領地を持つメルキュール公爵家の当主ジョルジュは現国王ユベール二世の子で、先代公爵に子供がいなかったことから養子に入って後継となった。

養父のフェリシアンは人間より蜘蛛《くも》が好きな変人で、子育てができるような人ではなかった。そのためジョルジュは王宮に預けられたが、その当時から度々《たびたび》子守りを押しつけられていたのがアランだった。そのせいか使用人の中で一番ジョルジュに容赦《ようしゃ》がない。

「えー？　僕はヴィヴィアーヌよりは手がかからなくていい子じゃない？」

ちなみにヴィヴィアーヌというのはフェリシアンが今大土蜘蛛《タランチュール》の名前だ。フェリシアンは毎日彼女に貢《みつ》ぐため餌《えさ》になる虫集めに忙しくしているらしい。

「そうあっていただきたいものです。それに、同じ子守りならそろそろ次代をもうけていただけるとありがたいです」

「それはさすがの僕でも相手がいないと無理だよ。……それにあいつの方が先でしょ」

ジョルジュの双子の兄であるリシャール王太子はまだ独身だ。強制されているわけではないがことあるごとに比較される立場上、ジョルジュはまだ結婚する気はなかった。もっとも、結婚するとしても相手は今のところいない。

アランは大きく咳払《せきばら》いしてから話題を変えた。

「ところで、王宮にはいつお出ましの予定ですか？」

「明日の朝にするよ。僕がいなくて、さぞかし皆寂しがっていただろうね。一応先触れの書状は届けさせているから今頃歓喜で大号泣しているんじゃないかな？　人気者は辛《つら》いなあ」

ジョルジュはそう言いながら行儀悪く長椅子に寝転がる。アランは少し眉《まゆ》を吊《つ》り上《あ》げたが元のように表情を消した。

「今の王宮の話題はもっぱら王太子殿下のお気に入りの女性のことで。残念ながら皆様ジョルジュ様のことはお忘れのようです」

「まさか。この僕がたった半年で話題にも上《のぼ》らなくなっているって言うのかい？」

「おや。メルキュール公爵ともあろう方が、《蜘蛛》を疑いますか？」

アランがすっと目を細める。ジョルジュは手をひらひらさせて口元に笑みを浮かべた。

「疑ってるわけじゃないけど、情報はあくまで情報だからね」

ジョルジュは半年前から隣国ステルラに留学中だった。久しぶりに一時帰国したのでさぞ大歓迎されるだろうと気合いを入れていたというのに。

まあ、貴族なんて連中は新しい物好きで噂《うわさ》話《ばなし》に目がないんだから、目の前にいない人間のことはすぐに忘れてしまう。それがわかっていても納得できない。

王家を陰で支える立場にあるメルキュール公爵家は独自の情報網を持つ。《蜘蛛》と呼称されるその諜《ちょう》報《ほう》組織は隅々まで糸を張り巡《めぐ》らせてきた。その優秀さはジョルジュが一番よく知っている。

ステルラに滞在中も祖国での出来事は逐一《ちくいち》報告させていた。そして、ここ最近頻繁《ひんぱん》に名前を見るようになった人物がいる。クシー女伯爵アナスタジアだ。

人間より書物の方が面白《おもしろ》いと豪語していたジョルジュの妹エリザベト王女が友人として親しくしていて、さらに今まで女性を寄せ付けなかったリシャール王太子が舞踏会で唯一踊った相手だという。

おかげで今、王宮では彼女が王太子の意中の女性ではないかという噂で持ちきりだ。

ジョルジュは今回の帰国中に彼女と接触するのを目的の一つにしていた。特にリシャールとの関係性は国の将来にも関わる一大事なのだから。

「クシー伯爵家か。先々代のエドゥアールは切れ者だったらしいけど、先代は贅沢《ぜいたく》好きで派手な生活をしていたから、いずれ無為に財産を食い潰《つぶ》すだろうと思ってたんだけどな。予想外だ」

アナスタジアの祖父エドゥアールは先代国王を支えた宰相だった。けれど父親は凡庸《ぼんよう》な男で無官の地方領主に過ぎなかった。

その父親が三ヵ月前の謀叛《むほん》騒ぎで処分されて、彼女が家督《かとく》を継ぐことになった。オルタンシアで初めての女性伯爵だ。

国王ユベール二世が名指しで相続を認めたというのだから、凡庸な人間ではないのだろう。

「アナスタジアはどんな女性だい？　当然うちの糸はつけてあるんだろう？」

問われたアランは何故《なぜ》か少しだけ口元を綻《ほころ》ばせた。

「遠目にお見かけしましたが、小柄《こがら》で可愛《かわい》らしい方ですよ。あの読書家の王女殿下と話が合うくらいですから利発な方だと思います」

「あれ？　珍しく高評価じゃないか」

このアランは《蜘蛛》をとりまとめる立場にある。見た目は穏やかそうだが丁寧な口調で人を切り刻む毒舌家だ。

この男が素直に人を褒《ほ》めるとは、嵐でも来るのかと一瞬頭をよぎった。

「何かご不満でも？」

「だってさ、ついこの間王宮に上がってきたばかりなのに僕より注目されてるんだよ？」

「情けない。いい大人が嫉妬《しっと》など見苦しいだけですよ」

アランがちくりと釘を刺してくる。

「これはれっきとした仕事。メルキュール公爵として王位継承者の身辺を守るのは最重要事項でしょ？　とりあえず彼女の周りには糸を増やしておいて」

「かしこまりました」

アランは平坦《へいたん》な表情で答える。

現在リシャールには婚約者がいない。大国の王太子としては異例だ。

今回ジョルジュは留学先のステルラ公国から公女とリシャールの政略結婚を打診《だしん》してほしいと依頼されて帰国した。

ステルラに限らず王太子妃の座を狙《ねら》っている国は多いだろう。これからもこうした各国からの申し出には事欠かないはずだ。

とはいえ政略結婚をするだけの利がこちらにないのなら、国内から王太子妃を迎えても問題はない。ジョルジュもユベール二世はそちらを視野に入れているように感じていた。

それを見越してメルキュール公爵家では国内の貴族令嬢の調査を始めていた。

とはいえ、クシー伯爵家にはめぼしい人材はいないと思っていた。

まさかいきなり当主になっても問題なく務まるような優秀な令嬢がいたとは予想外だった。

だが、アナスタジアが当主になった今もクシー伯爵家は先代が作った借金を抱《かか》えているのも事実だ。窮状《きゅうじょう》を打破するためにエリザベトと親しくなってリシャールに取り入ろうとしている、と思われても仕方ないだろう。

王家を護《まも》る存在として、自分はそれを確かめる必要がある。彼女は王家にとって益《えき》になるのか、それとも。

「女の子に対して気は進まないけど、もし彼女が有害な存在なら排除するのは僕の役目だ。ああ、辛い。僕って罪《つみ》な男だなあ……」

アランは自分に酔《よ》いしれているジョルジュの様子を見て問いかけてきた。

「……実はまだお話ししていないことがあるのですが、お聞きになりたいですか？」

「おやー？　主人に隠し事かい？」

ジョルジュがすっと目を細めると、アランは一礼した。

「隠していたわけではありません。状況を考慮《こうりょ》していただけです。最初にお話ししたらあなた様が一騒動起こしかねないと思いまして」

「ということは相当興味深い話ってことだね」

そして、身を乗り出してアランの話を聞いていたジョルジュは、椅子から転げ落ちかねない勢いで大爆笑した。

「……アナスタジア嬢の趣味が恋愛小説執筆？　で、リシャールがその小説を内緒で読んでいるって……なにその面白すぎるネタ。あの強面《こわもて》がどんな顔して恋愛小説読んでるわけ？　それめちゃくちゃ見てみたい。決めた。明日は夜明け前に王宮に入るから、準備よろしく。明日に備えて早く寝るかなー。楽しみすぎて眠れなくなりそうだ」

すぐにでもリシャールのところに押しかけて問いただしてやりたい。あの真面目《まじめ》男がどういう反応するのか見物《けんぶつ》だ。いや、その前にその恋愛小説を読んでみたい。

ジョルジュの機嫌が一気に良くなったのを見て、アランは大きく溜め息をついた。

「そうおっしゃるだろうと思いました」

長年ジョルジュに仕《つか》えてくれている従者にはこの展開は予想の範囲内だったようだ。

あれこれ考えすぎるといい方にも悪い方にも暴走しがちな主人を理解していて、この話を持ち出す順序を選んでいたのかもしれない。

とはいえアナスタジアとリシャールの接点が意外なものだったことにジョルジュの好奇心は大いに刺激された。

「ただ、問題だけは起こさないでいただくようお願いいたします。次に国王陛下のお怒りを買えば留学先が地の果てに変更されますよ」

「わかってるわかってる」

へらへらと適当な返事をする主を、アランは諦《あきら》めたように無表情で見つめていた。

翌朝、ジョルジュは夜が明ける前に出発して王宮入りした。傍系王族《ぼうけい》の筆頭という立場から王宮内に住まいを与えられているが、その部屋よりも先にリシャールの部屋に直行する。部屋の主《ぬし》は不在だったが侍従に頼んで待たせてもらうことにした。というより、ジョルジュは最初からそのつもりだった。

適当な言い訳で侍女を下がらせてから室内を見回す。

「この時間ならリシャールは剣の稽古《けいこ》に行っているからね。さて、さっさと探し出すよ」

「……さすがに無断で部屋を荒らしたらお怒りになるのでは？」

アランの問いにジョルジュは肩をすくめる。

「大丈夫大丈夫。あいつが物を隠す場所なんて見当つくし」

そう言ってジョルジュは部屋の隅にある机に向かうと、その引き出しをすべて引き抜いた。

「昔から人に見せたくないものは引き出しの奥に隠してあるんだよね。ほらね？」

一番奥に目立たないように置かれ丁寧に布でくるまれた革装丁の本。ジョルジュは首をかしげる。素人《しろうと》の書いたものだというから、もっと質素なものかと思っていた。

「……『貴公子エルウッドの運命』？　これがそうなの？」

アランが顔を上げた。

「ええ。クシー女伯爵が趣味で書いているという小説です。従兄《いとこ》のマルク伯爵が私費を投じて製本した私家版なので、公《おおやけ》に出回っているものではないそうです」

「マルク伯爵か。小説の出所はあの男だったのか」

マルク伯爵ティモティはリシャールの側近で、優秀な男だが従妹《いとこ》自慢を始めると収拾がつかないと聞く。どうやらその従妹がアナスタジアということらしい。

それにしても、いい大人の男がこそこそ隠しているのが恋愛小説というのはどうなのか。官能小説とかならまだ納得できるというのに。

「隠してる……ってことは、まだ彼女はリシャールが読者だと知らないんだ？」

「ええ。そのようです」

「なるほど、それは面白いなあ」

愛読している小説の作者。リシャールはそれで彼女を意識しているということか。

それでもリシャールが家族以外の女性を特別扱《あつか》いするだけでもかなり珍しいから、周りが騒いでいるというのが実情だろうか。

ジョルジュは最終頁《ページ》に日付が記されているのを確かめてから、適当に開いた頁に目を通す。

確かに女性向けの恋愛小説のようだった。

国王の隠し子である色男の貴公子が愛する女性を守るために自らの危険を顧《かえり》みずに立ち向かうという、いかにも女性が喜びそうな話だ。

けれど少しずつ湧き上がってくる疑念にジョルジュは眉を寄せた。

「……これ、本当に彼女が書いたの？」

主人公が国王の寝所で内密な会話を交わす場面があるが、その描写が細かい。

「お祖父《じい》様が寝所にきらびやかな彫刻やら派手な絵画を飾っていらしたと聞いたことがあるけど、何で彼女がこんなに詳《くわ》しいんだ？　書いてある日付が正しいなら、彼女が王宮に上がる前に書かれたものだろう？」

彫刻や絵画の特徴もジョルジュが聞いた内容と一致している。

又聞きで書いたとは思えない。まるで先代国王の寝所に入ったことがあるかのような描写。

彼女の立場ではそれはありえない。あるとしたら……。

アランがふと何かを思い出したように口元に手をあてる。

「国王陛下が以前、クシー女伯爵の中にエドゥアール殿が入っているとおっしゃったとか。彼女には何か秘密があると考えてもよいのではないかと」

「中にエドゥアールが入ってる？　気持ち悪くない？」

どうやら思っていたよりもアナスタジアという少女は興味深い人物のようだ。

彼女は何か祖父と特別なつながりがあるのだろうか。たとえば当時の記録を所有しているとか。それはなかなか面白い。

「おっと。そろそろリシャールが戻ってくるから撤収《てっしゅう》するよ」

ジョルジュは本を元通りに戻して、リシャールに見咎《みとが》められる前に退散することにした。

王宮内のジョルジュの部屋は王族の住まいにほど近い場所に与えられている。幼い頃は気軽にリシャールたちの部屋に行き来していたが、さすがに今は臣下《しんか》としての節度をと周りに言われるので少しは自重《じちょう》している。

部屋に戻るとジョルジュは非公式にアナスタジアに会う方法がないかと考えを巡らせた。

今日は国王との謁見のあとで晩餐《ばんさん》も共にすることになっている。他にもいくつかの面会の申し込みがあるらしいが、彼女との接点はなさそうだ。

どうやらジョルジュを自由に行動させないためにあれこれ予定を入れてきている気もしないではない。王宮内の警備が以前より厳重《げんじゅう》に思えるのもリシャールが手配したのではないだろうか。

そうなるとアナスタジアに個人的に接触するのは難しいだろう。

「そうだ。エリザベトのところに行ったら彼女に会えるんじゃないかな？　父上とお会いしたあとで寄ってみよう」

「では王女殿下に取り次ぎを……」

「いらないよ。可愛い妹の顔を見にいくだけだよ。侍従なんか華麗《かれい》にぶっちぎってみせるよ」

「ぶっちぎるのはやめていただきたいのですが」

「予告なしに行って驚かせたいんだよ」

おそらく勘のいいエリザベトならジョルジュの目的を察してアナスタジアを隠すくらいはやるだろう。それなら案内の者たちを振り切って突然訪ねた方がいい。

「驚かすって、妹君とはいえ王女殿下ですよ。ただでさえ奇行が目立つと言われているのに、また当家の評判が……」

眉尻が少し下がったアランにジョルジュは笑みを向けた。

「それでいいんだよ。僕は王家の平和のために道化《どうけ》を演じてるんだ」

ジョルジュが国王の子だというのは広く知られている。今でもリシャールと比べてあれこれ言われることが多い。だからこそジョルジュは思うままに行動してきた。

ジョルジュが王太子でなくてよかったと言われた方がいいのだから。

「……単にやりたい放題なさっているだけのようにも思えますが」

「バレたか」

ジョルジュはそこでふと頭の中に浮かんだ考えにほくそ笑んだ。

そうだよ。道化なんだからもっと派手にかき回したほうが面白くなるんじゃない？

「そうだ。すごくいい方法を思いついちゃった。知りたい？　知りたいよね？」

アランがそれを聞いて覚悟を決めるかのように大きく息を吐《つ》いた。

「そういう顔をなさっているときは大概《たいがい》すごくよろしくないことなのですが」

「何を言うか。聞いて驚け。つまり、この僕が彼女に求婚するんだよ」

芝居がかった手振りをつけてジョルジュは言葉を継いだ。

「家柄にしろ資産にしろうちに勝る貴族なんていない。この僕に求婚されて心が動かない女性はいないだろう。そうすれば彼女がどんな人なのかわかるじゃないか。もちろん求婚の返事をもらうために会いに行くという口実もできる」

アナスタジアには今、王太子のお気に入りという噂を聞いて、今のうちに繋《つな》がりを持とうと近づいている者たちがいるらしい。求婚者も増えている。

そこへジョルジュが参戦したらさぞや混乱するだろう。

リシャールが彼女のことを本気で好きなら動揺するはずだ。そう考えると楽しくなってきた。

「それはそうですが。近づく口実に求婚するというのは相手に対して不誠実では？　それにあなた様が求婚者として優位かどうかは疑問です。当家が地位や資産目当ての方でさえ忌避《きひ》する家柄だということをお忘れでは？　別の意味で心が動くのではありませんか？」

「くっ。さすがアラン。痛いところを突いてきたな……」

冷ややかなアランの言葉にジョルジュは頭に手をやった。

メルキュール公爵家は世間では『変態公爵家』と呼ばれている。ジョルジュの四代前の初代当主から変わり者が続いているからだ。今までの当主は全員独身で、養子が家督を継いできた。

女性恐怖症、屋敷に引きこもるほどの潔癖症《けっぺきしょう》、医学研究者という名の解剖《かいぼう》好き、そして先代のフェリシアンは蜘蛛の収集家……というありさまだ。

ジョルジュがせっかくかわいい女の子と会話が弾《はず》んでも、いざ親密になろうとしたら屋敷がうじゃうじゃと蜘蛛だらけだという噂のせいで逃げられてしまう始末。

こんなに魅力的な僕がモテないのは公爵家の悪評のせいだ。アナスタジアがその評判を知っていたら最初から断ろうとするかもしれない。

「けど、彼女はエリザベトと親しくできるような子だよ？　他の女性とは違うんじゃないかな。それに口実のつもりはないよ。実際彼女が受け入れてくれるならその時は本当に結婚するつもりだよ。それでどう？」

ジョルジュの顔をじっと観察していたアランは大きく頷いた。

「わかりました。そこまで考えていらっしゃるのなら、何も申しません」

「……え？　いいの？」

「上手《うま》くいけば当家の全使用人念願の公爵夫人をお迎えできるかもしれないのですから、反対する理由はないでしょう？」

ジョルジュは思わず従者の顔を見つめた。

そういえばアランは彼女を高く評価しているようだった。理由は聞かなかったが。

もしかして、彼女に対してジョルジュが不誠実な真似をするのではないかと思って釘《くぎ》を刺していたのだろうか。

「じゃあ、頑張って侍従をぶっちぎるかなー？」

あっさり賛成されたことに少し拍子抜けしたけれど、ジョルジュは気を取り直して求婚のための言葉を考えることにした。

「一体どういうつもりだ。勝手な行動は慎《つつし》むように言われているはずだろう？」

ジョルジュの私室に現れたリシャールははっきりと不機嫌だった。鋭い金褐色の瞳をまっすぐに向けて問い詰めてきた。

「やだなあ。それが久しぶりに帰ってきた兄弟に対する態度かなあ？」

ジョルジュは長椅子にもたれかかってわざとのんびりした口調で応じた。

謁見の時に顔を合わせてはいるけれど、話をするのは今回の帰国後初めてだ。しかも、リシャールがここまではっきりと感情を見せるのは珍しかった。

「帰ってきていきなり騒動を起こす相手にどういう態度を示せと？　そもそも書状一通でいきなり帰ってきたおかげでどれだけの人間を振り回したと思っている？　もう少し責任ある行動を取れないのか？」

ジョルジュは単なる公爵ではない。現国王ユベール二世の子であり、王位継承権も持つ。リシャールに世継ぎが生まれるまでは王家から完全に離れることはできない、という立場は特殊なのだと自覚はしている。だからといって遠慮する気はない。

「仕方ないでしょ。ステルラ公から急ぎ縁談を薦《すす》めてきてほしいってご要望だったから。一臣下の立場として他国との友好にヒビを入れるわけにはいかないからねー」

自分への縁談を持ち出されてリシャールの眉間の皺が深くなった。ジョルジュは部屋の隅に控えていたアランにお茶を入れてくるように命じる。

「それなら、どうしてクシー女伯爵に求婚した？」

やっと本音が出たか。やはりアナスタジアに求婚したのが気に入らなかったらしい。

「えー？　気に入ったからじゃダメなのかな？」

予告通りジュルジュは国王との謁見《えっけん》のあと、隙をついて案内係の侍従や護衛を振り切ってエリザベト王女に会いに行った。そして、その場に居合わせたアナスタジアに求婚した。

アナスタジアは明るく生き生きした大きな青い瞳が印象的な少女だった。ジョルジュのいきなりの求婚に困惑していても、決して嫌な顔は見せなかった。

ジョルジュの地位と自分の立場をわきまえている証拠だ。それを見て、なるほどあのアランが褒めるはずだと納得した。

「気に入ったもなにも、初対面だろう？　無作法にもほどがある。エリザベトも怒っていた」

「えー？　それは怖いなあ」

へらへらと笑いながらジョルジュはリシャールの表情を観察した。妹を引き合いに出してはいるが、多忙なリシャールがわざわざ抗議に来るということは彼女を相当気にかけているとバラしているようなものだ。

「僕も家の者から早く結婚しろって言われてるんだよ。うちは何しろ毎回お家断絶の危機が続いてるからね。このままだったらまた養子を迎えることになるんじゃないかって」

リシャールはそれを聞いて表情を強ばらせる。それを見てジョルジュは少しだけ罪の意識を感じた。

……やっぱりまだ気にしているんだな。

ジョルジュが養子に出されたのは先代国王からの約束だったし、今となってはジョルジュは王太子などにならなくて良かったと思っている。周りから期待され続ける立場なんて自分には向いていない。だから、王家に残されたリシャールをうらやましいとは思わない。

けれど、リシャールはジョルジュに対してずっと負い目を抱えている。

その負い目からかリシャールは周囲が望む王太子となることを自分に課しているように見える。自分を抑えつけてわがまま一つ通そうとしない。

だから恋愛小説に夢中になっていると聞いて、笑いはしたけれど内心では安心した。

自分を犠牲にして周りの期待に応え続けていたら潰れてしまうと危惧《きぐ》していたから。

まあ、僕に弱音を吐くことはないだろうけど、多少は本音を聞かせてくれてもよくない？

兄弟なんだし？　本気で手に入れたい相手がいるなら応援くらいするのに。

しょうがない。もうちょっと煽《あお》ってみるか。

「彼女については報告を受けているから全く知らないわけではないよ。僕なら当主として若くて不慣れな彼女を補佐してあげられる。嫁《とつ》いできても傍系王族としてエリザベトとの交流もずっと続けられる。悪い話ではないと思うんだけど。それとも彼女は王太子妃候補にでも入ってるの？　それならそう言ってくれないと困るなぁ」

リシャールは王太子妃という言葉に少し狼狽《うろた》えたように瞳が揺らいだ。

「いや、そういうわけではない。ただ、初対面でいきなり求婚というのはどうかと思っただけだ。普通ならまず使者を立てて取り決めるものだろう？」

リシャールの表情からすると、アナスタジアを意識しているしおそらくは惹《ひ》かれているのだろう。さっきから動揺しているのが目に見えてわかるのだ。

理由もなく心を揺らされる存在。リシャールにそんな相手が現れるとは思わなかった。けれど、リシャールはまだあれこれと理由をつけて自分の気持ちを抑え込もうとしている。

……格好つけているうちは本音じゃない。こいつのすました顔を崩してやりたいのに、なかなかしぶとい。だったらこっちも引く訳にはいかないな。

ジョルジュはにこやかに問い返した。

「つまり、冗談や思いつきで求婚したんじゃないってわかればいいのかな？　正式な手続きをすれば文句ないってこと？」

リシャールは不意に声を落として問いかけてきた。

「……お前が狙っているのは彼女の祖父の情報ではないのか？」

「エドゥアール？　メルキュール公爵家としてはあの男が持っていた情報はたしかに欲しいけど、とっくに死んだ人間でしょ？　望み薄じゃないかな？」

そうとぼけると、リシャールは金褐色の瞳を鋭くしてジョルジュを睨《にら》む。

それを見てジョルジュは確信した。こんなに過敏に反応するってことは彼女は何か祖父との特別なつながりがある。そして、それをリシャールは知っている。

アナスタジアの祖父エドゥアールは先代国王の腹心だった。数々の秘密を何一つ明かすことなく二十年前に世を去った。ジョルジュをメルキュール公爵家の養子にするように進言したのもエドゥアールだったという。

確かにエドゥアールが生きていたら問いたかった。どうして自分が養子に選ばれたのか。どうしてリシャールが王太子に選ばれたのか。

ある日突然何の説明もなく自分たちは引き離された。大人の都合に振り回された自分たちにはその理由を知る権利があるだろう。

とはいえ、死んだ人間が答えてくれるはずはない。だから、諦めていたんだけどね。

ジョルジュはアナスタジアが書いた小説を読んで、もしかしたら彼女は自分の欲しい答えを知っているのかもしれないと思った。二十年も前に亡くなったエドゥアールと彼女には全く接点がないはずなのに。

あれを読んだのならリシャールも気づいている。父上も彼女の中にエドゥアールがいるとおっしゃったくらいなら、何か知っているはずだ。

そんな面白そうなことを僕にだけ教えてくれないなんてずるいじゃないか。

「でも、あくまで僕が興味を持っているのは彼女本人だよ。他にも求婚者はいるみたいだけど、負ける気はしないね。それとも他に何か王太子殿下に不都合なことがあるのかな？」

「……いや。正式な手続きを踏むというのなら両家の問題だ」

リシャールは顔を強ばらせる。

彼はその立場から周囲に余計な詮索《せんさく》をされないように特定の女性を気にかけることは避けているのだろう。だからこそ、ジョルジュの態度が無作法だと抗議することはできてもそれ以上踏み込んでは来ない。

けど、そんな顔するってことは、やっぱり心の中では特別扱いしてるんじゃないのか？

リシャールが望めば、どういう形であれ彼女を側に置くように周りは取り計らうだろう。その気配がないということは、まだ彼女に何も告げていないってことじゃないの？　自分は彼女に対して行動を起こしてないのに僕に怒ってるっておかしくない？

ジョルジュはささやかな悪戯心《いたずらごころ》から、リシャールをもっと揺さぶってみたくなった。

「ご立派だね。彼女の騎士を気取って守ってるつもり？　だけど、それなら他にすることがあるんじゃない？」

「どういう意味だ？」

メルキュール公爵家は王宮内に《蜘蛛》の糸を張り巡らせている。リシャールの噂に対する他の貴族たちの動向も知っているから、リシャールよりもアナスタジアの身辺に詳しくなりつつあった。

「彼女に近づいてるのは下心つきの求婚者だけじゃない。王太子殿下に贔屓《ひいき》されている女性の出現で、嫉妬や焦りで苛立《いらだ》っているご婦人方もいるんだよ」

ジョルジュは書類を抜き出してリシャールに見せた。

「……何だこれは」

リシャールの金褐色の瞳に険《けわ》しい光が浮かぶ。真面目な彼には信じがたい内容だろう。

「うちの者が調べたアナスタジア嬢に向けられた嫌がらせの数々ね。これって誰のせいかな？」

リシャールがダンスに誘ったりしたからこの始末だ。その責任を感じて彼女を気にかけているのなら、彼女の身辺をもっと注意するべきだ。

王太子の寵を狙っていた女性たちやその家の関係者は、彼女に対して執拗《しつよう》に嫌がらせを繰り返している。ジョルジュの優秀な部下たちはそのことを報告してきていた。

暴言や体当たりくらいならまだ可愛いものだが、彼女の通り道にゴミをまき散らしたり上から物を落とすようなことまでやっている。

王宮内のこんな些細《ささい》な出来事が彼の耳に入ることはなかったのだろう、リシャールの目はその書類から動かない。

「彼女は庭の薔薇《ばら》を愛《め》でるのが趣味だったのに、上から物が落ちてきたり水が降ってくるから、この頃は庭に出ないようにしているようだよ？　可哀想《かわいそう》だと思わない？」

「……この花瓶《かびん》が落ちてきたというのは？　しかも数回？」

読み進めているうちにリシャールの全身からぴりぴりと怒りの気配がこみ上げてくる。室内の温度が急激に下がったような気がする。

うわー怒らせすぎたかな、と思いながらもジョルジュは言葉を継いだ。

「事実だよ。運良く当たらなかったから良かったけど、下手《へた》をすれば大怪我だよ。ただ、こんな嫌がらせで済んでいるうちはいい。自分の娘を売り込もうとしている貴族なら、彼女を亡《な》き者にしようと企《たくら》む可能性もある。今だって何が起きてるかわからない。それで彼女を守ってるつもりなの？　ずいぶんと手ぬるいんじゃない？」

「……確かに」

リシャールは手にした書類をジョルジュに突き返した。そうしてすっと背筋を伸ばすと真剣な眼差《まなざ》しを向けてきた。

「こんなことになったのはオレのせいだ。確かに今のオレは彼女を守り切れてはいない。だが、このままにしておく訳にはいかない」

はっきりと告げる表情には迷いはない。内心はまだ怒りが収まってはいないだろう。けれど心を決めたように彼はジョルジュに宣言した。

それはいつもの落ち着き払った王太子の顔ではない。

鋭い金褐色の瞳は、戦いを決意したかのように揺るぎない光を湛《たた》えている。静かなのに彼が纏《まと》う張り詰めた空気のせいか先刻《さっき》よりも強い意志が感じられる。

リシャールは彼女に対する気持ちにまだ名前をつけていなかったのだろう。けれど、自分が原因で彼女が嫌がらせを受けている事実を知って、自分が何を望んでいるのか気づいたのかもしれない。

ふうん。彼女のためならそんな顔をするんだ。上出来じゃないか。

今まで女性を遠ざけてきたリシャールが一人の女の子のために動こうと決意するなんて、一大事件だ。

ジョルジュはそれを見られたことに満足して笑みを浮かべた。

「情報提供に感謝する。この件はオレが預かるから、メルキュール公爵家は介入《かいにゅう》不要だ」

「かしこまりました。殿下のお望みのままに」

茶化すような口調を気にもせず、リシャールは剣を手にすると足早に去って行った。

ジョルジュの背後に控えていたアランがそこで安堵《あんど》したように息を吐いた。

「……あれ？　どうしたの？」

「殿下のあの闘気《とうき》を前にして、よく平然としていられれますね。寿命が縮むかと思いました」

「あー、ちょっとピリピリってしたよね？　もしかして煽りすぎたかな」

普段は怒ると口数が増えるのにさっきはむしろ静かだったからなあ……。

「クシー女伯爵に嫌がらせをしていた方々に同情しますね」

「あんな連中、自業自得だからいいんだよ」

メルキュール公爵として下らない連中を排除するのは簡単だ。けれど、どうせなら奴《ヤツ》らには
リシャールがアナスタジアにいいところを見せるために役に立ってもらおう。

ここで手を差し伸べられれば好感度が上がること間違いないよね？　そのくらいの応援はしてあげよう。

「まあ、せいぜいあいつには頑張ってもらおうかなー」

そう言いながらジョルジュはごろりと長椅子に寝転がった。


それからリシャールはアナスタジアを守るために動き出したらしい。二人が庭で歓談していたという噂も流れてきた。

さらに彼女が誘拐された時はリシャール自ら救出に飛び出していった。今まで自分の職務に忠実だった王太子の行動に周囲は驚いていた。

「けど、あそこまでやっても自分の気持ちに気づかないんだろうな。あの恋愛ぼんくら殿下は」

王宮の廊下を歩きながらぼやいたジョルジュにアランがそっとささやいた。

「誰が聞いているのかわかりませんから、外で迂闊《うかつ》なことはおっしゃらないでください」

「はいはい。わかってるよ」

中庭にさしかかるとジョルジュは咲き誇《ほこ》る花々に軽く目を細める。

「この薔薇の花たちともしばしの別れだね」

「薔薇に挨拶《あいさつ》回りですか。支度があるのでほどほどにしてください」

「……ロマンを解さない奴め……」

今日、ジョルジュはステルラに出発することになっていた。

「そういえば、クシー女伯爵からはお返事をいただけたのですか？」

「あー、まだだけど。エリザベトのところにも挨拶に行くからその時に聞いてみるよ」

おそらく自分の求婚は断られるだろうとジョルジュは思っていた。

そもそもこっちが本気じゃなかったのを気づいているようだったし。彼女のあの青い瞳は嘘もごまかしも見通しそうに思えた。元宰相のエドゥアールの孫という先入観からか、こちらが幾重《いくえ》にも警戒していたせいかもしれない。

ジョルジュはふと庭に目を向けて、植え込みの近くに立っている小柄な少女を見つけた。

「あれ？　あそこにいるのアナスタジアちゃんじゃない？」

彼女はなぜか足元にじっと目を向けている。何か困っているのかと様子を見ていると、彼女は身をかがめて手を差し伸べる。

「蜘蛛《アレニエ》さん。蜘蛛さん。こんなところにいたら誰かに踏まれてしまうわ」

明るい声で歌うようにそう言いながら、彼女はひょいと蜘蛛の糸をつまんで庭木の枝に差し伸べた。どうやら地面を歩いている蜘蛛を移動させたかったらしい。

「そこなら雨にも当たらないから存分に巣を作っても大丈夫よ。気に入ってくれるといいのだけれど」

うっかり笑いそうになった。蜘蛛に話しかける人間が自分の養父以外にいたとは思わなかった。ジョルジュはアランに目を向けて、彼も笑いをこらえているのに気づく。

ジョルジュが知る貴族の婦女は取り澄ました顔をして虫や蜘蛛など見向きもしない。嫌悪の表情くらいは浮かべるかもしれない。さっさと始末しろと従者に命じるだろう。

……リシャールが惹かれるのもわかる気がする。僕は情報に惑《まど》わされて彼女の素顔を見ていなかったんだなあ。

ジョルジュの目線に気づかない様子でアナスタジアはそのまま立ち去った。ちょうどジョルジュがこれから向かおうとしていた書庫の方角に。

「蜘蛛さん、か。……面白い子だね。うちの《蜘蛛》も可愛がってくれそうだ」

ジョルジュがつぶやくと、控えていたアランがふっと口元を緩《ゆる》めた。

「もしかして、アランは彼女が蜘蛛とか平気なの知ってたのか？」

「ええ。報告書の中に蜘蛛が入った箱を送りつけられた件がありましたでしょう？　あの方はそれを一匹残らず庭に放してやったそうです。地方育ちで虫などに慣れているとしても、むやみに殺そうとしなかったと聞いて微笑《ほほえ》ましく思っておりました」

「へえ……」

なるほどそれであの高評価だったわけか。

「できることなら当家にお迎えしたかったのですが、殿下がお相手では勝ち目がありません。身分を差し引いても成人男性としての落ち着きと常識、そして品性と思いやり……」

「……悪かったね。いろいろ足りなくて」

容赦のない従者を恨《うら》めしく睨んでいると、アランはわずかに笑みを浮かべた。

「それに何よりも本気で兄君に張り合うおつもりがないでしょう？」

ジョルジュはそれを聞いて金褐色の瞳を瞠《みは》る。そこまで気づかれていたとは思わなかった。

周りの人々は養子に出されたジョルジュはリシャールに地位も将来も奪われたと憐《あわ》れんでいるらしい。同情めいた言葉を向けられたこともある。

ジョルジュからすれば真逆だ。王家に残されたせいでリシャールは自分の望みを我慢することに慣れてしまって、わがまま一つさえ口にできなくなっていた。奪われたのは彼の方だ。

あいつにもし本当に欲しいものができたら、その時は手に入れる手伝いをしてやろうとジョルジュは思っていた。

「……全く。部下が優秀すぎるのも考えものだね」

そう答えながらジョルジュは微笑んだ。

「アラン。僕が戻るまで家のことは頼むよ」

国王から許可が出たので、ステルラ公へ縁談の返答を届けたらジョルジュは留学を終えて帰国するつもりだ。それを聞いてアランは恭《うやうや》しく一礼する。

「かしこまりました」

「僕がいなくて暇だったら義父上に頼んでヴィヴィアーヌの子供たちを連れてきてもらおうか？」

「それは断固遠慮させていただきます」

アランは一瞬眉を寄せてから、まっすぐに顔を上げてジョルジュに目を向けた。

「あなた様のためにこの国の隅々まで《蜘蛛》の糸を張り巡らせておきますので」

ジョルジュはそうか、と頷いた。

「さあて。……次に戻ってくるときまでに面白いことが増えていればいいねえ」

あの二人も少しは進展しているといいんだけれど。

そう思いながら、ジョルジュは書庫に向かってゆっくりと歩き出した。

あとがき

春奈　恵

作家令嬢と書庫の姫シリーズ、二巻です。いかがでしたでしょうか。

今回は前回の舞踏会がきっかけでアニアが王宮内のいざこざに巻き込まれるお話になっています。

そして、ついに彼が登場しました。実は最初の想定では一話から登場させるつもりだったのですが、とんでもないことになりそうだったので出せなかったという曰《いわ》く付きの人物です。

実は彼が登場するたびに頭の中でとある曲が流れていました。某アニメで赤い敵キャラが登場するときの曲です……といえば伝わるでしょうか。

実際は執筆中はそんな音楽かけていないのですが、被害甚大《じんだい》になるんじゃないかという予感がその曲を思わせるのでしょう。多分。

書き下ろしの方はそんな彼の日常を書いてみたのですが、決められたページ数に収めるのが大変でした。恐るべし、変態公爵家ですね。

これからも彼はあちこちに登場しますので、今後の活躍（?）にご期待ください。

今回も作中に王宮の庭でアニアが薔薇《ばら》を見ているシーンが何度か出てきました。

実は薔薇の庭に憧《あこが》れて薔薇を植えたことがあります。

ところが、匂《にお》いが強いオールドローズのせいか春になると小さい黒い甲虫《こうちゅう》が来て、花をボロボロにしていくので愛《め》でることができないという優雅とはほど遠い残念な結果に。本当はピンクと白のマーブル模様の可愛《かわい》い花なのですが、綺麗に咲いたのを見たことがありません。美しい薔薇の庭を造るのは生半可《なまはんか》なことではなさそうです。

きっと王宮には優秀な庭師さんがいて綺麗な花を咲かせてくれているのでしょう。そう思いながら書いています。

今回も多くの方々のお力をお借りして、この本をお届けさせていただいています。

イラストの雲屋《くもや》先生には雑誌掲載からお世話になっています。ありがとうございます。

前巻の時も書影を見て大騒ぎしていました。いつも愛らしく描いてくださってます。イラストをご覧になって本を手に取ってくださる方も多いのではないでしょうか。

感想を下さった読者の方々もありがとうございます。

次巻も楽しんでいただけるようがんばります。

WINGS・NOVEL

【初出一覧】
作家令嬢と謀略の求婚者たち：小説Wings '19年夏号（No.104）～'19年秋号（No.105）掲載
メルキュール公爵の密やかな企み：書き下ろし

この本を読んでのご意見、ご感想などをお寄せください。
春奈 恵先生・雲屋ゆきお先生へのはげましのおたよりもお待ちしております。
〒113-0024 東京都文京区西片2-19-18 新書館
[ご意見・ご感想] 小説Wings編集部「作家令嬢と謀略の求婚者たち 作家令嬢と書庫の姫～オルタンシア王国ロマンス～②」係
[はげましのおたより] 小説Wings編集部気付○○先生

作家令嬢と謀略の求婚者たち
作家令嬢と書庫の姫～オルタンシア王国ロマンス～②

著者：**春奈 恵** ©Megumi HARUNA
初版発行：2021年12月25日発行

発行所：株式会社 新書館
［編集］〒113-0024 東京都文京区西片2-19-18 電話 03-3811-2631
［営業］〒174-0043 東京都板橋区坂下1-22-14 電話 03-5970-3840
［URL］https://www.shinshokan.co.jp/

印刷・製本：加藤文明社

ISBN978-4-403-54235-0 Printed in Japan

SHINSHOKAN